恋世纪
LOVE Period

© S.O.L.Bianca Creation works

你的出现，
让我随时转换心情。
你的野性与不安定，你的霸道与很任性，让一切危险变得有趣。
你到底是恶魔降临，还是天使随行？

每个我喜欢的瞬间，
都有你爱用的短信和碎碎念。
你让我笑个不停，也让我哭到不行。
是我的心魔乱舞才会想要和你分享每个快乐时刻。
© SOL.Bianca Creation works

恶魔殿下，请多指教

蔚汐 著

CNS PUBLISHING & MEDIA
湖南少年儿童出版社
HUNAN JUVENILE & CHILDREN'S PUBLISHING HOUSE

图书在版编目（CIP）数据

恶魔殿下，请多指教 / 蔚汐著. -- 长沙 ：湖南少年儿童出版社，2013.2

ISBN 978-7-5358-8992-8

Ⅰ. ①恶… Ⅱ. ①蔚… Ⅲ. ①长篇小说－中国－当代 Ⅳ. ①I247.5

中国版本图书馆CIP数据核字(2013)第012382号

PUBLISHING & MEDIA
中南出版传媒

责任编辑：罗晓银
品牌运营：Sean.L
特约编辑：李 黎 又 又
视觉监制：611
文字编辑：王 彦
装帧设计：周梦雅 颜小曼
插画制作：索·比昂卡创作组
（三颗猫饼干 飞翔舞）

出 版 人：胡 坚
出版发行：湖南少年儿童出版社
地 址：湖南省长沙市晚报大道 89 号 邮 编：410016
电 话：0731－82196340（销售部） 82196313（总编室）
传 真：0731－82199308（销售部） 82196330（综合管理部）

经 销：新华书店
常年法律顾问：北京市长安律师事务所长沙分所 张晓军律师
印 刷：湖南画中画印刷有限公司
印 张：16 开 本：660 mm × 960 mm 1/16
版 次：2013 年 2 月第 1 版 印 次：2013 年 2 月第 1 次印刷
定 价：24.80 元

目录

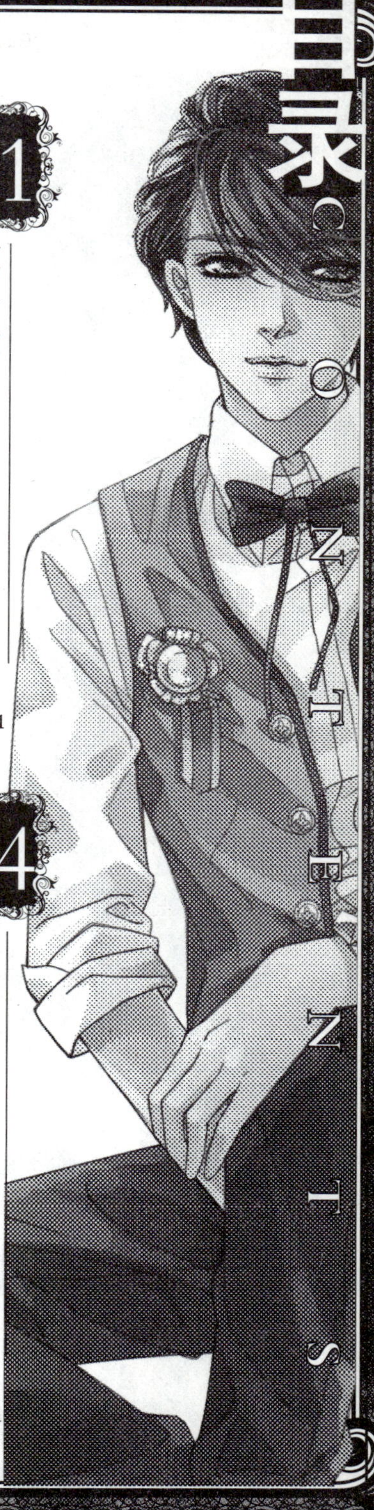

目录 CONTENTS

01 第一章

鲜花少女团

1

风和日丽，鸟语花香，星辉学园盛大的开学典礼终于在期盼中到来了！

“亲爱的同学们，你们好！我是你们的校长韩以哲，谨代表学园理事会真诚地欢迎大家的到来，相信有了你们的加入，星辉学园的未来一定会更加灿烂辉煌……”

望着主席台上优雅迷人的中年大叔，我忍不住咂了咂嘴：星辉学园真不愧是闻名世界的学校啊，连校长都这么年轻有为、英俊潇洒，可想而知，能以最后一名的成绩被星辉学园录取的我是多么的幸运！

雷鸣般的掌声过后，音乐声响起，全校师生齐唱校歌。激动之情难以言表，我只好借歌声表达，就算周围的同学对跑音跑到珠穆朗玛峰的我投来不满的目光，仍旧不能阻止我继续在人群里“发光发热”。

我的血液在沸腾，我的灵魂在咆哮！在“煤渣”里待了16年，我终于要闪闪发光了！

还记得录取通知书送到我手中的时候爸爸妈妈脸上的讶异，他们动作整齐划一地看了看我，又看了看一旁嫉妒得眼圈发红的李茉薇——只比我大一岁零两个月的我的亲姐姐，终于发现一直被埋在“煤渣”里的小女儿我才是真正的金子，对我又是嘘寒又是问暖，让李茉薇恨得直咬牙，恨不得立马上前来一口咬死我。

李茉薇，想不到吧，你也会有被我李茉莉踩在脚底下的一天，哇哈哈！

胖胖的教导主任已经在台上喷洒了半个多小时的唾沫星子，“摄水量”超标的我终于忍不住了，怯怯地举起了手：“老师，我想去一下厕所……”

得到新班主任的允许后，我急匆匆地来到了传说中用全天然大理石建造的厕所，谁知道厕所门却被三个穿着公主裙的女生给堵着。

“开学典礼已经开始了，怎么办呀！”

“那个，同学……”我伸出手拍了拍女生A的肩膀，想让她挪一下让我过去。

女生A有些不耐烦地回头看了我一眼，然后……继续看，只是脸上的表情变得像是在打伤亡报告一样凝重。

“我想到办法了！”女生A的眼睛一下子亮了起来，然后一把抱住我的胳膊，生怕我跑掉似的，“同学，能帮我们一个忙吗？拜托拜托！”

“能先告诉我要我帮什么忙吗？”要是让我帮忙干坏事，我可不干！

“放心，绝对是别人求都求不来的好事！”女生B说着便把我往厕所里推，“去和里面的安雅换一下衣服，快一点，要来不及了！”

我还想再问些什么，但是看她们似乎真的很着急的样子，再加上她们的样子也不像什么坏学生，就本着助人为乐的精神和厕所里那个拉肚子拉得脸色惨白的漂亮女生换了衣服，然后还没来得及解决自己的问题，就被她们几个给带走了。

半分钟后，我被带到了礼堂的后台，像个洋娃娃一样被她们摆弄着，每次想要开口都被粗鲁的“闭嘴”给吼了回去，只能强忍着任她们在我脸上继续涂涂抹抹画画。

十多分钟后，终于化完妆，不等我开口，手里就被塞进了一朵娇艳欲滴的粉红色月季，新鲜得像是刚从花园里摘下来，连刺都还没有完全拔掉。

我仍旧一片茫然。月季是花中皇后，象征着高贵和优雅，也是星辉学园的象征，但是要我拿着它做什么?

“别紧张，只是献花而已。”旁边的女生似是看出了我的不自在，友好地对我笑了笑。

见大家手上都拿着花，我似懂非懂地点了点头，却更加不自在了。我快要憋不住了啦……

“有请少女团上台为学生会献花！”

报幕声落下，音乐声响起，我憋红了脸迈着奇怪的步伐跟着大家走向主席台，等我看清学生会那几人的模样，双眼立刻变成了桃心状。

清一色的男生，而且全部是极品帅哥！

一个温柔似水，一个艳若桃花，一个淡漠如冰，一个耀眼如炬。因为我要献花的对象是那个叫“沈煜夜”的副会长，便不由得多看了他几眼。

张扬的火红色碎发，迷人的勾魂眼，英挺的鼻子，蔷薇色的唇，下颌线近乎完美，身材是黄金比例，穿着深蓝色的西装制服，暗红色的领带松松地系着，露出了精致漂亮的锁骨，惹人遐想无限。

我一边在心里流着口水一边跟上其他人的步伐，踩着小碎步朝沈煜夜走去，怎料天有不测风云，由于我个子偏矮，对另外几个女生来说刚好合身的裙子穿在我身上明显长了一截，再加上我因为尿急走路的姿势有些奇怪，一不小心就踩到了裙边，于是整个人失去控制地朝距离我仅一两步的沈煜夜扑了过去。

我的脑子轰地一下炸开：完蛋了……

来不及躲开的沈煜夜就这样被我扑倒在了主席台上，我的额头也“咚”的一声撞在了他硬得像铁块一样的胸膛上。疼疼疼……好多星星在转……

“该死的，我的脸！”

痛苦的叫声传进我耳朵里，我晕晕乎乎地抬起脑袋，只见沈煜夜被我压倒在地上，眉头很是痛苦地纠结在了一块儿，而我手中那支刺都还没拔干净的月季被我一巴掌拍在了他的脸上，花瓣掉了一地，花枝上尖锐的刺则毫不留情地插进了他的脸部皮肤。更严重的是，他的脸和脖子裸露的部分竟开始以我看得见的速度迅速红肿起来！

乱了，全乱了！

我我我，我都做了什么啊……一股寒意瞬间从脚底蹿起。

“喂，你、你没事吧？”我吞了吞口水……我竟然在开学典礼上用月季扎伤了极品帅哥的脸？神啊，请一定告诉我我这是在做梦！

对，这是梦，绝对是梦！

“你来试试看——”催眠并没有成功，沈煜夜咬牙切齿地看着我，一双眼睛似是要冒出火来。

我禁不住打了一个寒战：“还、还是不用了。呵，呵呵，呵呵呵……”

上帝做证，我不是故意的，真的真的不是故意的……

整个礼堂近乎诡异地安静了几秒钟，之后爆发出惊天地泣鬼神的呼喊声。

“焰王子被少女团压倒了！”

“焰王子的四肢在痛苦地抽搐！”

局面开始变得难以控制，女生们如潮水一般朝着主席台涌过来。

看了看愣愣地不知该作何反应的少女团，再看了看黑压压的娘子军，我不由得吞了吞口水。李茉莉，还愣着干什么？快点溜啦！

“天哪，没拔干净的花刺竟然扎进焰王子的脸了，会不会毁容？”

“刚才那个女生呢？把焰王子推倒的女生呢？”

“在那里，我看到她了！快，抓住她，别让她跑掉了！”

什么？要来抓我？

我跑，我跑，我跑跑跑……咦，我怎么在原地踏步？

“矮冬瓜，你死定了！”衣领被人揪着，一个仿佛来自地狱的可怕声音在我耳畔炸响。

我僵着脖子回过头，只见一张血迹斑斑的脸在我眼前无限放大，沈煜夜那双漂亮的眼睛里还有两团火焰正熊熊燃烧着，似是要将我烧成灰。

我的妈呀，好可怕的一张脸！

“夜，你的脸流血了哦。”人群里，不知道是谁出了声，沈煜夜抬手在脸上抹了一把，然后低头，接着便脸色煞白地晕了过去。

这难道就是传说中的“晕血”？

“啊，焰王子晕倒了！快叫救护车！”

“还有气吗？要不要人工呼吸？”

“人工呼吸？闪开闪开，让我来！”

“我先我先，你去后面排队！”

……

女生们完全失去控制地冲上了主席台，原本好好的开学典礼，因为我的小小失误而搞得一团糟，场面一片混乱。看着已经晕过去的沈煜夜被一群如狼似虎的女人争来抢去，我的负罪感也不断加深。

我发誓，我真的不是故意让你陷入水深火热之中的，天神做证！

“还不快逃？”人群中，一只温暖的手突然握着我的手，稍一用力便将我从混乱的人群里带了出来。

对啊，趁着她们的注意力都在沈煜夜身上，还是赶紧逃跑吧！

对不起了，沈大帅哥，我先走一步，您老就自求多福吧！

手心还残留着那一抹温暖，我回过头，看见一双眼睛正含笑看着我。

是他！同样在台上接受献花的那个艳若桃花的帅哥端木流！

我抓紧时间花痴了一下，然后抛给他一个感激的眼神，接着拔腿就跑。

好激动好激动，我虽然弄伤了副会长沈煜夜，却得到了同为副会长的帅哥端木流的帮助。

滴水之恩当涌泉相报，端木流，等我杀出重围，一定会报答你的！

2

换回了自己的衣服，我便借口身体不舒服请假回家暂避风头去了。

“矮冬瓜，你死定了！”

沈煜夜的话就像魔咒一般紧紧束缚着我，而他那张表情阴森、满是血迹的脸则像梦魇一般缠绕着我，让我胆战心惊。

“啊，烦死了啦……”

不知道叹了多少次气，终于到了放学时间。

“李茉薇，李茉薇！”一听到门锁转动的声音，我立刻朝打开门的李茉薇扑了过去，像只树袋熊一样挂在她身上。

“啊，李茉莉！”李茉薇一脸受到了惊吓的表情把我从她身上拍开，冲我翻了翻白眼，“你怎么这么早就回来了？”

现在最重要的问题不是这个好不好！

“李茉薇，告诉我，如果你因为无心的过失伤害到了另一个人，你会怎么办？”

李茉薇一边换鞋一边鄙视我：“笨蛋，当然是向对方道歉啊！”

道歉吗？可是如果真的是只要道歉就可以的话，我也就不会这么烦了！

如果沈煜夜只是一般人那还好说，偏偏他是星辉学园不久前才评选出来的四王子中的“焰王子”，脾气火爆得不得了，用脚指头想也知道这种养尊处优的贵族少爷睚眦必报，再加上我犯下的又不是简单到可以忽略不计的小错，肯定不是简单的道歉就能被原谅的！

“可是，如果对方不接受怎么办？”

“不接受？”李茉薇冲我露齿一笑，挥了挥拳头，“那就狠揍他一顿，直到他接受为止！”

我一脸黑线，这可真是个“好”主意啊……只不过最后被狠揍的对象是我才对吧？一想到自己会被揍成猪头样，我就禁不住一阵恶寒。

“喂，李茉莉，你是不是得罪了什么人？”见我一直叹气，李茉薇突然把脑袋凑过来，“对方还打死不接受你的道歉？”

我无力地点了点头。我怎么就那么倒霉呢，不过是上个厕所而已，就和四王子里脾气最暴躁的沈煜夜结下了梁子！

“这样啊……”李茉薇低头想了一会儿，然后冲我露出一个比向日葵还要灿烂的笑容来，“那你就自求多福吧！”

还以为她会有什么好主意呢！

算了，李茉莉，车到山前必有路，船到桥头自然直，别想那么多了，先去睡一觉吧，醒来就什么烦恼都没有了！

第二天，我起了个大早，出门之前还特地向隔壁的大婶借了本黄历，看见上面说今天是黄道吉日，宜出行，宜嫁娶，且诸事顺利，这才放心地往学校走去。

“太阳当空照，花儿对我笑，小鸟说早早早，你为什么背上炸药包？我去炸学校，校长不知道，一拉线，我就跑，轰隆一声学校不见了……”

我心情无比畅快地哼起了歌，却被李茉薇抛来一记白眼：“白痴，唱儿歌都走调！”说完便扔下我自己走掉了，说是不想与我这个白痴为伍，怕被传染。

臭李茉薇，你才白痴呢，你全家都白痴……呸呸呸，我们全家就你一个白痴！

唉，也不知道沈煜夜后来怎么样了，有没有被那群狼女啃得连渣都不剩……

想到这里，我连哼的歌都带了几分悲凉的味道：“好一朵‘没力’的茉莉花……”

来到学校，我像做贼一样东瞅西望，生怕被人发现我就是害沈煜夜毁容晕倒的人。星辉的女生太剽悍了，一想到开学典礼上那齐齐扑向沈煜夜的阵势，我现在都还心有余悸。

十多分钟后，我发现自己其实多虑了，因为根本就没有人注意到我这个毫不起眼的一年级新生！啊哈哈，看来长着一张大众脸也并不是没有好处呢！

来到教室，只见已经到了教室的女孩子正三三两两地凑在一起谈天聊八卦。

“唉，也不知道焰王子现在怎么样了……”

焰王子？沈煜夜？我赶紧竖起了耳朵。

“我听二年级的学姐说，焰王子被送去医院之后，醒来第一句话就是：

‘那个该死的矮冬瓜，我要杀了她’！”

我的左眼皮立马跳了一下。

“能把星辉的王子弄成那副惨不忍睹的模样，那个少女团的女生也真是一朵奇葩！”

奇葩……我嘴角抽了抽。姐妹们，我能理解为这是在夸奖我吗……

“早安，茉莉！”我正听得入神，肩膀冷不丁被人拍了一下，吓得我差点连人带椅子一起摔倒。抬起头，新同桌伊小贝正一脸疑惑地看着我。

“呃……是小贝啊，早啊！”

“茉莉你怎么了？怎么脸色这么差？”

“可能是有点感冒吧，呵呵……”我一边呵呵傻笑着，一边抬手拭去额头上的冷汗。

“这样啊……”伊小贝若有所悟地点点头，而后一脸八卦地靠近我，“对了，茉莉，昨天的开学典礼上，沈煜夜被一个少女团的女生给弄得毁了容住进医院里了，你有看到那个女生长什么样子吗？”

我立刻把脑袋摇得跟拨浪鼓似的，打死我也不会告诉你那个人就是我的！

“啊，对了！”我正跟伊小贝咬耳朵讲悄悄话，距离我们没多远的文艺委员刘艺婷突然提高了嗓门，然后伸手指向我和伊小贝这一桌，“昨天的开学典礼你一直不在，该不会……”

我的表情立马转为惊恐，一滴冷汗自额头滑落。

伊小贝笑着替我解围道：“怎么可能会是茉莉嘛，她不是身体不舒服请假回家了嘛！”

“这倒也是，新生可是没有资格加入少女团的呢。”刘艺婷说着瞄了瞄我，“而且少女团挑选成员那么苛刻……”鄙视的意思不言而喻。

“茉莉，别理她！”伊小贝狠狠瞪了她一眼，然后拉着我继续聊天。

我心中的大石头总算是落地了。

真好，大家都没有怀疑我呢。

可是一想到沈煜夜那张血迹斑斑的脸和那句阴森森的“矮冬瓜，你死定了”，我便觉得身上的每一个毛孔都在往外透着寒气。

上帝保佑沈煜夜选择性失忆地忘记我吧！

3

“唉……”

课间时间，我又趴在课桌上叹气。

“茉莉，你怎么了，为什么这两天老是唉声叹气的？好像林妹妹附身了一样！”

我抬了抬眼皮，一脸哀怨地看了眼正看八卦杂志看得津津有味的伊小贝，接着继续叹气。

开学典礼已经过去几天了，沈煜夜还是没有回学校上课，为此我是既开心又担心：开心的是我可以继续做不起眼的李茉莉，不用害怕会被沈煜夜报复；担心的是有关沈煜夜伤势的版本每一天都在更新，有说他毁容的，有说他半边脸受伤甚至溃烂的，甚至有说他试图自杀未遂的……每更换一个版本，我的小心肝就颤两颤，负罪感也跟着加重一分，像背了一座大山，才不过一个星期，我已经被压得快喘不过气来了。

上帝保佑，沈煜夜那张帅得惨绝人寰的脸一定要好好的，如果毁容了，我可就真的万死难辞其咎了！

一想到沈煜夜晕倒之前那恐怖的眼神，我内心又开始纠结。怎么办，到底要不要去道个歉呢？如果不去，我还可以过几天平静的日子，可是这之后就不好说了；若是去的话，说不定有被原谅的机会，可是为此一定会付出代价，至于是怎样惨重的代价，就不好说了……

“啊，好烦啊！”我一脸郁闷地扯着头发。

“别烦啦，茉莉，你到底想好去哪个社团了没？”

社团啊……看着一脸兴奋的伊小贝，我终于提起了一点精神。

这是星辉学园的惯例，开学典礼之后，社团就会开始招人，新生们可以去各个社团领简介，然后去自己感兴趣的社团报名，每个人都可以加入一个或者两个社团；实在没有自己喜欢的，也可以自己创办新的社团，但必须先写一份申请书，还得有三人以上参加。总之，社团活动属于社团活动，每一个星辉的学生都必须参加，不然就是违反校规，轻则扣平时分，严重的甚至会被记过处分。

今天是社团招人的最后一天，看着手上厚厚一沓的社团介绍，我只觉得苦恼不已。

这么多有意思的社团，还真不知道选哪一个比较好呢！

我伸出手戳了戳伊小贝：“小贝，你已经报名了吗？是什么社团？”

“当然是八卦社！”伊小贝立马来了精神，一脸神往，“茉莉你要不要一起？”

我立刻把脑袋摇得跟拨浪鼓似的。八卦社？那不就是像狗仔队一样到处挖人隐私的社团？还是算了吧，我可没有那种癖好！

“那我先去社团看看有没有什么活动啦，以后茉莉你想挖谁的八卦都可以来找我哦，看在同桌的分上，我一定让社长给你半价优惠，哦呵呵呵……”

看着伊小贝逐渐远去的身影，我的嘴角不自觉地抽搐了两下，然后起身走出教室。

因为今天是报名的最后一天，星辉校园里呈现出一派热闹非凡的景象。

“同学，加入剑道社吧，我们有最优秀的教练！”

“同学，来网球社吧，报名即送四位王子合照一张！”

……

“请大家依次排好队，不要挤，一个一个慢慢来！”

咦，好耳熟的声音啊！

我顺着声源望过去，只见开学典礼上救过我一命的端木流正坐在一张大红木桌后面，挂着一脸迷死人不偿命的笑容，举手投足间无不散发着优雅迷人的味道，引得女生们尖叫连连。

“端木学长，我好喜欢你啊！”

“端木学长，请给我签个名吧！”

“端木学长，请让我成为你的女朋友之一吧！”

……

端木流只是笑了笑，目光在人群中环视一圈，不知道是看到了什么让他感兴趣的东西，眼睛突然就亮了起来。

“好巧啊，我们又见面了！”端木流起身径直走到我面前，然后停下，满面春风地看着我。

“我我我……”他他他，他竟然认出我了？我又激动又紧张，都快语无伦次了，“学长你……怎么认出我来的？”

端木流眨眨眼：“直觉。”

尼加拉瓜瀑布汗，他的直觉还真是准得变态啊！

“你也要加入话剧社吗？”端木流笑呵呵地领着我来到那张大红木桌前，拿起一张报名表递给我，“来，在这里签上你的名字。”

一想到他是曾经将我从沈煜夜的魔爪下救下的恩人，我毫不犹豫地拿起笔写下了自己的名字。

“原来你叫李茉莉啊。”端木流笑呵呵地将我的报名表收好，然后对那群满含着期待的花痴说，“我们话剧社已经满员了，请大家再去别的社团看看吧！”

“啊，怎么这样……”

“明明是我先来的，为什么反而先让她报名？太不公平了！”

“端木学长，拜托你再多给几个名额吧！”

……

如果眼神能杀人的话，我一定已经被那群花痴砍成肉泥了！她们的眼睛里熊熊燃烧着的火焰似是恨不得将我烧成灰，让我禁不住打了一个又一个寒战，上帝做证，我真的不想这么高调的！

“嘘——”端木流竖起食指在唇边做了个噤声的动作，“话剧社真的已经满员了哦，如果大家真的这么喜欢我的话，请去那边的声优社吧，我同时也是声优社的副社长哦！”

刚刚还很不甘心的花痴们立马一窝蜂地奔向了声优社。

“小茉莉，从今天起你就是我们话剧社的一员了！”端木流伸出一只胳膊搭在我肩膀上，冲我笑得见牙不见眼，“我是副社长端木流。”

咦，副社长吗？我的左眼皮突然“突突”地跳了起来，有种不好的预感！

我扬起脑袋看着端木流，小心翼翼地吞了吞口水："我可不可以问一下，社长是哪位？"

端木流笑眯眯地将脑袋凑近我："就是被你毁了容、现在还待在医院里的沈煜夜啊！"

啪——我脑子里立马划过一道闪电，紧接着平地起惊雷，炸得我外焦里嫩，连思考的能力都快没有了。

沈煜夜！话剧社的社长居然是沈煜夜！

神啊，请带我离开这个悲惨的世界吧……

4

"那个，端木学长。"我怯怯地举起手来，"我可不可以，可不可以……退社？"

"当然——"端木流依旧在笑，却让我觉得心里发毛，"不可以！"

轰——倒塌。这个家伙怎么可以那么腹黑那么残忍那么没有同情心地对我，亏我还一直当他是我的救命恩人！

谁来救救我吧，我不要进沈煜夜的社团，不要不要……

"啊，对了，顺便提醒你一下，我们亲爱的社长大人明天就要出院了。"端木流看着我，脸上的笑容继续扩大，"作为他的部下和导致他在医院待了近半个月时间的你，是不是该去表示一下呢？这样吧，正好我要去医院看他，就带上你一起好了！"

我还来不及拒绝，端木流已经扯着我的胳膊把我带到了停车场，并且不经过我同意就把我塞进了一辆跑车里，然后他也上车系好安全带，发动引擎。

“坐好，我们要出发了！”

“那个，学长，你能不能开慢点？”

最好能慢到我们还没到医院，沈煜夜就已经出院了！

端木流侧过头看着我，半晌后才笑眯眯地开口道：“小茉莉，你不相信我的技术？”

我张了张嘴，还没来得及说些什么，端木流的跑车已经倏地飙出去了。我的心脏啊……我赶紧死命地拽紧安全带。

呜呜，我知道错了，收回刚才的话还来得及吗……

十分钟以后，端木流突然一个急刹，我的身体不受控制地前倾，然后被安全带带了回来。

已经到医院了吗？我晕晕乎乎地打开车门走出去。

头重脚轻的感觉……头好晕，而且，好想吐……

我趴在医院门口的花坛边吐了个昏天黑地，直到什么都吐不出来了，端木流才一脸黑线地像拎小鸡一样把我拎进了医院。

“303号病房，自己进去吧。”

我像只壁虎一样整个巴在墙上，可怜巴巴地扭头看着端木流，为了“加强效果”还拼命挤出了一滴眼泪：“学长，我可不可以不要现在去……”我都还没想好要怎么跟沈煜夜道歉呢，还是等我再回去想想，想好了改天再来吧！

“嗯——”端木流弯起眼睛笑了笑，我正要感谢他，却被他像拎小鸡一样拎了起来，“还是我亲自送你去好了！”

好你的头！救命啊……

端木流拎着我来到医院三楼，我都还没想好怎么应对沈煜夜，旁边突然蹿出来一个六七岁的小男孩，一脸天真地望着我问道：“姐姐，你有看到一个绷带脸怪兽吗？”

我嘴角忍不住抽了抽。绷带脸怪兽？那是什么东西？

不想一旁的端木流突然来了兴致，笑眯眯地开口问道：“小朋友，你说的绷带脸怪兽是不是和我差不多高，红颜色的头发，半边脸缠着绷带，眼睛里随时都有两团火在烧，而且说话特别凶？”

见小男孩猛点头，我的嘴巴立马张成了“O”形。绷带脸怪兽这么抽象的东西，端木流居然也能形容得好像他亲眼见过一样，会不会太能瞎掰了一点？还是说，这又是他准得变态的直觉？

0.1秒钟之后，我的嘴巴便自动合上了。站在小男孩身后的那个家伙可不就是他嘴里的“绷带脸怪兽”嘛！一米八左右的个子，招摇的红色头发，仅剩的半边脸依稀可以看出似乎还是个帅哥，眼睛里还有两团俗称“愤怒”的火焰正熊熊燃烧着，似是想要烧毁一切。

“绷带脸怪兽！”我一开口，那个家伙的脸立刻像是抹了十层锅底灰，黑得暗无天日，我赶紧抬手捂上嘴，用眼神示意小男孩，“绷带脸怪兽”就站在他身后。

“奥特曼变身！打倒小怪兽！”口号一出，小男孩立刻摆开架势，拿起不知道从哪里变出来的……水枪，朝着那个“绷带脸怪兽”扫射。

“该死的，臭小鬼，给我停下！”“绷带脸怪兽”立刻跳脚，却又奈何那个小男孩不得，头顶上被绑成蝴蝶结的绷带随着他的动作不停摇摆，看上去就像一对兔耳朵。

哇哈哈哈，好好笑啊，笑死我了——

“矮冬瓜，谁准你笑的？”仿佛从地狱传来的咬牙切齿的声音在我头顶炸响，正捂着肚子笑得开怀的我立马怔住了。

这个语调好耳熟，该不会，该不会是……

我像机器人一般，动作僵硬地扭过脖子，甚至还听见了“咔咔咔”的声响，只见刚刚那个“绷带脸怪兽”正双眼喷火地怒视着我，完全不见了被小男孩拿水枪扫射时的狼狈样，只是头顶那对“兔耳朵”因为沾了水，软趴趴地搭在额头上，看上去别提多有喜感了！

我又要忍不住了，噗哈哈哈——

“矮冬瓜，你死定了！”“绷带脸怪兽”拎着我的领子将我从地上提了起来，愤怒得仿佛连声音里都能喷出火来。

这个语气……这个声音……我的笑容一瞬间僵在了脸上。

好可怕，沈煜夜的眼神好可怕！如果再加上一对犄角和翅膀，手里再拿一把钢叉，他就是十足的恶魔了！

“那个，学、学长，我、我来看看你……”我吞了吞口水，努力咧开嘴角扯出一抹笑容来。可是因为害怕，我连说话都是结结巴巴的。

伸手不打笑脸人，连我都懂的道理，沈煜夜不可能不懂的！

“收起你那白痴一样的笑脸！”沈煜夜一拳挥向我，吓得我赶紧闭上了眼睛。呜呜，都说了不打人的了，这个没品的家伙！

有风自我耳畔呼啸而过，然后是拳头落定的声音。咦，不痛？我小心翼翼地睁开眼睛，只见沈煜夜的胳膊就横在离我的脸不到一厘米的地方！我心有余悸地拍了拍胸口，好险好险！

“那个……学长，你的手，疼吗？”那么重的一拳，还好没有落在我的脸上！这个家伙力气那么大，不去杀牛真是可惜了！

“我好得很！”沈煜夜嘴角抽了抽，然后继续恶狠狠地瞪我，“可恶的矮冬瓜，你这个倒霉星来的倒霉家伙，害我到现在还不能出院，我还没有去找你，你居然敢主动送上门来？”

要不要这么大的嗓门啊，我可怜的耳朵！

“对不起啊，我、我真的不是故意的……”害你变成“绷带脸怪兽”是我不对，我有错，我道歉！

“对不起？”沈煜夜怒极反笑，笑得我心里发毛，“我先把你揍成残废丢进医院里，再跟你说声‘对不起’，你说好不好？”

我使劲摇头。不好不好，一点都不好！

“浑蛋！既然知道道歉没用，还在那里说什么‘对不起’！”简直就是暴龙兽暴走，震得我的耳膜都要破裂了。

“我、我是诚心来道歉的……学长，学长你一定要相信我！”道歉不说“对不起”，难道要我说“没关系”吗？

“想要我原谅你？”沈煜夜嘴角微扬，虽然只有半边脸露在外面，但仍旧帅气不减，只是说出来的话就没有那么动听了，“做梦！”

哗啦啦—— 一瓢冷水从头泼下。

我就知道，这个家伙怎么会那么好心！

“你那是什么态度？”见我垂下了脑袋，沈煜夜再度变身暴龙兽，“你这朵该死的狗尾巴花，看望病人连束花都不带，你这样也算是诚心地道歉吗？现在，我给你两个选择，要么横着死，要么竖着死，自己选！”

都说过人家叫李茉莉啦，才不是什么狗尾巴花！这个家伙是真的有选择性失忆症吗？

“我可不可以有第三种选择……”横竖都是死，选哪个有差别吗？

“那就把你剁成肉酱喂卜噜！”

啊！剁成肉酱？会不会太血腥了一点？还有——

“卜噜是什么东西？”

“卜噜是夜养的狗狗，很温驯的哦！”始终在一旁看戏的端木流终于舍得出声了，“它最喜欢的就是带血的肉了。”

我立刻咬牙打了个寒战。端木流，你不说话会死吗？

“学长……”我挤出一滴眼泪可怜巴巴地望着沈煜夜，就差上前去抱他的裤腿了。呜呜，我不要被剁成肉酱，我不要被拿去喂狗，不要不要……

“狗尾巴花，别用那么恶心的眼神看着我！”沈煜夜露出半边的帅气脸蛋抽搐了一下，随后他抬起肿得像馒头一样的手来，“真是见鬼！一见到这个倒霉星来的矮冬瓜就没什么好事！端木流，你赶快把她给我弄走！我跟她的账，等我出院以后再慢慢跟她算！”

我的申诉已经变得无力了：“都说了我叫李茉莉了……”

“狗尾巴花，你是想挨揍吗？”

“啊，那个，端木学长，时间不早了，我们赶快回学校吧！”见沈煜夜又要挥拳头，我赶紧拉着端木流离开医院。

看吧看吧，我就说了，沈煜夜那个家伙怎么可能轻易原谅我！

唉，李茉莉，还是赶紧想办法安抚沈煜夜吧，不然等他出院回到学校，就算他不动手，那些疯狂的女生也会将你撕碎到连残渣都不剩的，以后的日子，岂止是难熬！

第二天，沈煜夜的伤势又换了新的版本：右手轻度骨折。

我发誓，这一次绝对不是我害的！虽然也和我有那么一点点关系啦……

02 第二章

红毛暴龙兽

1

社团活动时间，大家都兴高采烈地去参加社团活动了，我却趴在课桌上一动不动，假装自己是正在冬眠的蛇。

“茉莉，茉莉，你不去参加社团活动吗？”

社团活动？看着一脸兴奋的伊小贝，我蔫不唧地摇了摇头。一想到那个可怕的沈煜夜就是话剧社的社长，我的脸部肌肉就控制不住地抽搐起来。我李茉莉长这么大，就没见过比他更恶劣的家伙，要不是打不过他，我早就跟他翻脸了！

唉，算了，就当我从没去话剧社报过名吧。

“虽然我不知道你为什么不想去参加社团活动，但还是要提醒你，学校可是明文规定，凡是社团活动，每一个星辉的学生都必须参加的。时间不早了，我先去社团了！”

伊小贝走了，教室里就只剩下我，百无聊赖的我只能撑着下巴发呆。

“你好啊，小茉莉！”

一张笑眯眯的脸突然在我眼前放大，吓得我连人带椅子一起摔倒。

痛痛痛——

端木流？他怎么会出现在我们教室？

我一脸戒备，生怕又掉进了这个“桃花痞子”的陷阱：“你来做什么？”

“用不着那么紧张，我不会对你怎么样的。”端木流在我对面坐下，依旧笑眯眯地看着我，“我只是想知道，现在是社团活动时间，作为话剧社的一员，你为什么不去参加社团活动呢？”

我重重哼了一声，转过头不理他。

“社团活动不参加的话，可是要扣平时分的哦。”端木流笑得一脸无害，声音也是极尽温柔，“据我所知，你的成绩已经垫底了，如果再扣平时分的话……”

我一巴掌拍在课桌上，咬牙切齿地看着端木流：“你到底想怎么样？”入学成绩倒数第一又怎样，至少我考进星辉来了，单凭这一点，就比别人强很多！

“我没有想怎么样啊。”端木流依旧笑眯眯的，“我只是以话剧社副社长的身份来‘邀请’我们社的成员去参加社团活动而已。”

“如果我坚持不去呢？”

“啊，那可就难办了，校规第108条可是有明确规定：凡星辉在校学生，社团活动不得无故缺席，违者视情况给予扣分或其他处罚。”端木流说着便将脑袋凑近我，“怎么样，小茉莉，你还是坚持不去吗？”

我只得硬着头皮点头：“我去！”

可恶的校规，我恨你！

顶着巨大的压力，我保持着一米远的距离跟在端木流身后，和他一起朝着话剧社走去。

“小茉莉，你就这么讨厌我吗？非要和我拉开这么远的距离。”端木流回头看着我，一脸哀怨，“还是我做了什么让你生气的事情了？”

我忍不住嘴角抽了抽，然后皮笑肉不笑地道：“端木学长人见人爱、花见花开，我怎么会讨厌你呢！呵……呵呵……呵呵呵……”

“你还可以笑得再假一点吗？”端木流伸出手来捏我的脸蛋，“本来还想告诉你，怎么样才能清零沈煜夜对你的仇恨值的，看来是我自作多情了啊。”

“没有没有，怎么会是端木学长你自作多情呢！”一听端木流有办法，我立马冲他笑得无比灿烂无比狗腿，“我最最最喜欢端木学长了！”

端木流立马笑得比向日葵还灿烂。

“好吧，看在你这么有诚意的分上，我就告诉你一个沈煜夜的小秘密。”看端木流一脸神秘，我很有眼色地把耳朵贴了过去，“他可是爱花成痴哟！”

很快便到了放学时间，一出学校我就跑去花店买了一大束百合，因为沈煜夜暗示过我，看望病人是要带花的，而端木流也明确地告诉了我，沈煜夜是个“花痴”，所以，要取得他的原谅，我就要投其所好！

李茉莉，你一定能行的，加油加油加油！

站在303室门口，我深呼吸了好几次，终于鼓起勇气敲了敲门。

“谁在外面？”

这么不耐烦的声音，真是符合沈煜夜一贯的说话口气。

我继续深呼吸，然后轻轻推开门走进病房，摆出有史以来最天真最阳光最灿烂的笑脸说道：“学长，我特地来向你道歉的哟！”

依旧是“绷带脸怪兽”造型的沈煜夜看着我愣了足足三秒钟，然后冲我大吼：“浑蛋，你这个倒霉的家伙又来做什么？”

我腾出一只手揉了揉耳朵。呼，还好我有远见，事先在耳朵里塞了棉花！

“学长，我特意带着花来道歉的！”说着，我便九十度弯腰，把百合花递了过去。

“你这个倒霉星来的倒霉家伙，你是跟我有仇吗？”沈煜夜看着那一大束花，一脸惊悚地连连后退，“把花拿开！”

“学长，请相信我，这一次，我真的是诚心来道歉的！”说着，我又向前迈了一大步。

“浑蛋，你没听到我的话吗？把花拿开，快点！”

“学长，请接受我诚挚的道歉！”他退一步，我便前进一步。

“该死！你耳朵聋了吗？我叫你把花拿开！拿开！”

我继续向前：“学长，请一定接受我的道歉！”

“你这个倒霉星来的倒霉家伙，我数到三，你再不把花拿开，就别怪我对你不客气了！”

我深吸了一口气，继续前进：“学长，请接受我的道歉！”

背后便是雪白的墙壁了，沈煜夜退无可退，额头青筋暴出，嘴角也狠狠地抽搐了几下。

真是天助我也！

“学长，请接受我的道歉！”说完，我一把把花塞进了沈煜夜怀里，然后转身就跑，根本不给沈煜夜拒绝的机会。

接受了我的花就是接受我的道歉了，沈煜夜，咱俩的账就此一笔勾销，你出院后就不能再来找我的麻烦了！

我心情大好地走出病房，却听见里面的沈煜夜发出了痛苦的哀号：“该死的狗尾巴花，你给我等着，我一定要把你剁成肉酱喂卜噜！”

我揉了揉耳朵。真受不了，这个家伙怎么嗓门那么大，不去唱男高音真是可惜了！

离开之前，我又回头看了沈煜夜一眼，但就是那一眼，让我刚刚明亮起来的世界又变得一片黑暗：只见我买来道歉用的花散落了一地，沈煜夜则一脸痛苦地在挠胳膊和脖子，身上的病号服已经被他扯得掉了好几颗扣子，而外露的皮肤上居然布满了红疙瘩！

我立刻慌了，带着哭腔大声喊道：“快来人啊！救命啊！沈煜夜他、他……快不行了！”

闻讯赶来的医生和护士好不容易才制止了沈煜夜的动作，不让他乱抓乱挠，我这才知道，原来沈煜夜对花粉过敏！

呜呜，都是端木流那个“桃花痞子”出的馊主意，我再也不要相信他了！

一刻钟以后，沈煜夜的痒总算是止住了，可是因为过敏，他全身都起了红疹，医生说至少要三天才能全部消除。听到这个消息，我刚刚卸下的负罪感又全部回来了。

“对不起，学长，我……”我嗫嚅着开口，道歉的话还没说出口便被沈煜夜打断了。

“离我一米远！”沈煜夜一脸惊悚地看着我，生怕我再靠近他，就好像我是什么人见人怕的妖魔鬼怪一样，“矮冬瓜，在我出院之前，别让我再见到你！”

看着咬牙切齿的沈煜夜，我只觉得欲哭无泪。

旧恨未了，又添新仇，李茉莉，这一下，你是真的完蛋了！

原本第二天就要回学校上课的沈煜夜因为某些原因身上起了红疹，不得不在医院多待几天，消息一传出，立刻引来一片哗然，更有甚者还成立了

“王子保卫团”，扬言不再让心爱的王子受到丝毫伤害，而胆敢伤害他们的王子殿下的人，通通杀无赦！

我只得一个人躲在墙角默默流泪。

天神做证，我真的只是去道歉而已……

2

风和日丽，鸟语花香，明明是阳光灿烂的日子，我却觉得大片阴云笼罩在头顶，因为经历了毁容、轻微骨折和花粉过敏的“焰王子”沈煜夜今天就要回学校了！对我来说，这可真算得上是十足不幸的消息！

从我踏进星辉学园的大门开始，耳朵里听到的便都是关于沈煜夜的事情。

“焰王子今天就要回学校了，好期待哦！”

“是啊是啊，我好不容易才挤进了话剧社，就为了每天都能看到焰王子！”

“要是让我知道是谁害焰王子在医院待了那么久，我一定不会放过她的！”

……

我伸出手指沾了点口水在胸前画十字：愿主保佑我，阿门！

“喀喀……”心惊胆战地上完了两节课，教室上方的扩音器里突然传来几声轻咳，“各位同学请注意，各位同学请注意，下面是例行的校牌检查，请同学们佩戴好校牌回教室坐好，接受学生会的检查，谢谢合作！”

教室里顿时炸开了锅，大家热烈地议论了起来。

“学生会要检查校牌？四位王子都是学生会的人呢，要是能亲自来就太好了！”

不要啊不要啊，沈煜夜千万不要来啊！

“好消息，特好消息，这一次校牌检查真的是王子们亲自出动！快看，他们已经朝这边走过来了！啊，好激动好激动……”

我立马一个激灵，赶紧把脑袋压低。我是隐形人，沈煜夜看不见我，看不见我……

“伊学长，我是文艺委员刘艺婷，我最崇拜的人就是学长您了，可以给我签个名吗？”

“端木学长，我好喜欢你，请让我成为你的女朋友之一吧！”

“喻学长，你是我的偶像！我是因为你才拼命考进星辉的！”

“沈学长，害您受伤进医院的人查出来了吗？那个可恶的女人，我们一定不会放过她的！”

……

因为王子团的到来，原本就吵闹的教室顷刻间变成了菜市场。

做贼心虚的我拿起一本书挡住脸，只露出两只眼睛观察形势。

来检查的学生会成员一行四人，正是开学典礼上接受少女团献花的那四个极品帅哥——温柔似水的学生会会长伊圣昕，艳若桃花的副会长端木流，冷漠如冰的副会长喻北初，耀眼如炬的副会长沈煜夜。

只见伊圣昕竖起食指比画了一个噤声的动作，整个教室立刻安静了下来。

“请大家安静一点好吗？先配合我们的检查！”

“茉莉，茉莉，有没有觉得他好帅？”旁边的伊小贝拽着我的胳膊使劲摇晃着，一脸的激动神情。

谁？伊圣昕吗？

“是很帅。”我老实地点点头，目光也随着伊圣昕移动着，“而且声音也好温柔呢……”听说他是王子团里唯一的一个三年级的学长，是个非常厉害的人呢！

“笨蛋，谁在说伊圣昕啊，我说的是喻北初！”伊小贝冲我翻翻白眼，然后继续发花痴，“你瞧，那优雅的气质，那温柔的眼神……噢，真的是太帅太迷人了！”

我立马一脸黑线。优雅的气质就算了，温柔的眼神？真是……好强大的冷笑话啊！伊小贝，你确定你没眼花吧？那样的眼神也能叫“温柔”？那分明比北极还要寒冷好不好！

“喂，你的校牌呢？”脚步声突然在我身旁停下，我抬起头，正好对上一张红毛暴龙兽的脸。

沈煜夜……上帝啊，我怎么就那么不走运啊！不过还好，沈煜夜的脸看上去光滑无痕，并没有留下什么痕迹，真是不幸中的大幸！

我赶紧从课桌里把校牌翻出来，吹了吹上面并不存在的灰尘，正要戴上，却被沈煜夜一把抢了过去。

“伊会长，这位同学没戴校牌。”说着他还抬手指了指我。

我立刻就傻眼了。

伊圣昕一听我没有校牌，朝我走了过来，仍旧笑得一脸温和，仿佛四月的轻风。

“同学，你的校牌呢？没佩戴的话可是要接受惩罚的哦！”

我只得可怜巴巴地伸手指着沈煜夜：“我的校牌被他拿去了……”

谁知道沈煜夜居然很无耻地冲我一笑，然后问道：“有谁看到了吗？”

班上的同学立刻摇头，纷纷表示没看见。

“小贝，你给我做证！”我抬手推了推小贝。咦，没反应？我再推，怎么还是没反应？

“伊小贝！”这个家伙，什么时候花痴不好，偏偏选这个时候！

“啊，怎么了怎么了？”伊小贝一脸茫然地看着我，“茉莉你怎么了？”

“算了……”我像只泄了气的皮球垂下脑袋，“我接受处罚。”谁叫我运气不好惹到了沈煜夜，反正横竖都是死，我豁出去了！

“这样啊……那就平时分扣掉一分，外加罚站军姿一小时作为惩戒。”

什么？我瞪大眼睛看着依旧笑得温和的伊圣昕。只是没戴校牌就要扣掉一分平时分？还要罚站军姿一小时？这这这……这也太过分了吧？

“好了，没戴校牌的一年级学妹，跟我们走吧！”

“啊，好幸福，可以和王子们同行……”

那位同学，你要是愿意的话，我把机会让给你好不好？

“啊，早知道我也不戴校牌了……”

呜呜，为什么我总是这么衰？神啊，告诉我这到底是为什么！

跟着王子团走出教室，却不见他们去别的班级检查，而是直接带着我去了学生会办公室。咦，怎么和我预想的不一样？

“到了，进去吧！”

嗅到了阴谋的味道，我立刻变身壁虎整个趴在墙上，却被沈煜夜拽着衣领扔进了学生会办公室，刚刚稳住身形就听到了身后的门“砰”的一声关上，以及“桃花痞子”那幸灾乐祸的声音：“夜，玩得开心点，不过别太过火了哦！”

这个浑蛋，怎么可以这么对我！

“李茉莉。”沈煜夜那仿佛来自地狱的声音在我身后幽幽响起，“现在，我们好好算一下我们之间的账吧。”

我应该感谢他终于记得我的名字了吗……颤颤巍巍地转过身，只见沈煜夜不知道从哪里变出了一把水果刀把玩着，刀锋还隐隐闪着寒光。他一步一步朝我走近，像是嗜血的魔鬼。

“学、学长，我、我已经道过歉了……”我吞了吞口水，一边牵起嘴角努力扯出一抹笑容来，一边小心翼翼地后退。

“该死的家伙，你那也算道歉吗？”沈煜夜立马变身暴龙兽将我逼至墙角，然后瞬间变脸冲我微笑，拿着水果刀在我眼前晃了晃，“你可是在我脸上扎了好几个窟窿呢，你说，我是不是也该在你脸上留点什么作纪念才公平？”

“我、我不是故意的……”这个家伙绝对是魔鬼！我带着哭腔使劲摇头，“求求你，沈学长，沈大帅哥，放过我吧，不要划花我的脸，不要不要……”呜呜，虽然我长得不漂亮，可是我也不想毁容啊！我还没有交到男朋友，我金子般的人生才刚刚开始闪闪发光，绝对不应该止步于此……

“你这个倒霉的矮冬瓜，我允许你哭了吗？”见我一副泫然欲泣的样子，沈煜夜的神情变得更加不耐烦，“真是该死，我一看见你就血压暴涨，忍不住想狠狠揍你一顿！”

我狠狠地吞了口口水：“我……我身无二两肉，不好揍的，要是你真的忍不住，我可以给你找个沙包……”看着沈煜夜越来越黑的脸，我只好把剩下的话都咽进了肚子里。

“收起你那白痴的笑容！”沈煜夜突然一挥手，我条件反射地抬手捂脸，不料胳膊正好撞上刀锋，立马就有血流了出来。

沈煜夜愣住了，我也愣住了。

“啊啊啊——流血了！”看着胳膊上那道并不深却不停地往外冒着鲜血的伤口，我忍不住尖叫起来。

“吵死了，闭嘴！”沈煜夜的脸部肌肉抽搐了几下，然后不顾我意愿地拽着我走向学生会办公室里面那扇紧闭的小门，接着毫不怜香惜玉地将我扔了进去，“进去里面待着！”

“哐当！”门被关上了，然后是渐行渐远的脚步声。

看着紧闭的房门，又低头看了看仍然有血流出的胳膊，我突然想起，沈煜夜那家伙，似乎晕血……

3

一觉睡醒，我展开胳膊伸了个大大的懒腰。

阳光略有些刺眼，我抬起手挡在额前，半眯着眼睛环顾四周，悲哀地发现自己竟然还在学生会办公室里面的杂物间！噢，亲爱的上帝，按照偶像剧的剧本，我现在不是应该躺在柔软且华丽的大床上，并且一旁还有深情款款的王子在等着我醒来吗？为什么童话和现实会差得这么远？

太阳正龟速朝着西边移动，我揉了揉酸痛的胳膊和有些发麻的双腿，起身走向门口，然后使出全身力气双手齐上去拉门把，门却纹丝不动。

居然反锁了？我抓着门把哀号起来，沈煜夜那个家伙，他难道打算把我一直锁在这里吗？

“开门啊！外面有没有人啊？我被反锁在里面了！”

然而一直到我的手都拍疼了，回应我的仍旧是一片死寂。

呜呜，那个该死的萝卜头、扫把星、红毛暴龙兽，划破了我的胳膊就算了，居然还把我锁起来！过分，真的是太过分了！

半晌后，我叹了口气，在杂物堆里寻了个稍微舒服点的位置坐下，一边画圈圈一边祈祷着沈煜夜什么时候良心发现了过来给我开门。呜呜，我怎么这么不走运啊，得罪的偏偏是四王子里面脾气最不好的沈煜夜！

一分钟，两分钟，三分钟……

“丁零零……”

下课铃欢快地响起，原本还有些死气沉沉的校园立马变得鲜活起来。

不知不觉已经到了放学的时间，杂物间里的我仍旧无人问津。

沈煜夜那个可恶的家伙，他难道忘记了我还被关在这里吗？

我趴在窗户边，看着楼下汹涌的人流，心里越来越焦急。

怎么办？要是大家都走了，我岂不是要一个人在这间阴冷的屋子里待一晚上？夜不归宿的后果可是很严重的！

呜呜，我不要一个人待在这里，我要回家，我要回家啦！

费了好大力气，我终于把紧闭的窗户拉开了，朝着楼下挥手大喊：“谁来开下门啊，我被锁在学生会的杂物间里了！”

我的嗓子都快喊哑了，却依然没有人注意到我。

我把自己的身高和窗台的高度对比了一下，然后恍然大悟——目标太小了！

我望着窗台深吸了口气，费力地爬了上去，然后小心翼翼地攀着窗户往楼下看去，禁不住头皮发麻。

这里可是三楼啊，窗户外面又没有防护栏，掉下去肯定就死翘翘了！

我吞了口唾沫，一手抱着窗户中央的柱子，一手用力拽着窗帘挥舞。

“快来人开下门啊，我被锁在这里了！”

努力没有白费，半晌后终于有人发现了我。一个，两个，三个……大家都抬起头望向我，还三三两两地议论着什么。

“谁来开下门啊，我被锁在这里了！”

好样的，李茉莉，马上就会有人来了，你也不用担心夜不归宿会被老爸老妈教训了！

越来越多的人聚集在学生会办公室下方，甚至还有人搬来了救生垫。

咦？救生垫？他们拿救生垫来做什么？难道要我从这么高的地方跳下去？要不要这么夸张啊！

我吞了口唾沫，蹲在窗户边犹豫着到底是跳还是不跳。

不跳吧，说不定我就只能在这里过夜了；跳吧，这里可是三楼啊，虽然有救生垫，可是跳下去难保不会摔出个脑震荡什么的……

“同学，生命是宝贵的！”

也许是动静太大，把老师也引来了，夸张的是他竟然还拿着喇叭一脸焦急地冲蹲在窗户边犹豫到底是跳还是不跳的我大声劝道：“同学，不要做傻事，有什么想不开的，先下来，我们好好谈一谈，没有什么过不去的！”

什么？做傻事？想不开？我一下子懵了。难道他们拿救生垫来不是想要我跳下去，而是以为我蹲在窗户边是因为想不开要跳楼？

我、我才没有想不开呢！

我正要转身跃下窗台，身后突然传来门锁转动的声音，然后是沈煜夜暴怒的声音。

“该死的，你在干什么？”

“啊啊啊——”

我被这突如其来的怒吼吓得脚下一软，抱着柱子的手也松开了，接着身子一歪，扑腾了两下便从窗台上掉了下去。

呜哇哇，救命啊，我不想英年早逝啊！

呜呜呜，我好不容易才考进星辉，还没来得及发光发亮、交到贵族学校的男朋友让李茉薇羡慕嫉妒恨，就要和这个美丽的世界说再见了……

电光石火之间，一只手及时伸过来揪住了我的后衣领。

得救了！呜呜，上帝爷爷，我就知道，您还没有放弃我！

“浑蛋，你是活腻了吗？”

“放、放手……”我不停地蹬脚挥手，我的脖子……勒得太紧了，我要喘不过气了……这个家伙，到底是来救我还是来害我的？

“蠢材，再扭我就把你扔下去！”沈煜夜没好气地冲我吼道，揪着我的衣领费力地把我往上提了提，“手给我！”

快要不能呼吸了……我艰难地将手伸向沈煜夜，谁知道指尖才刚刚触到他的手，便听见“刺啦”一声。

我的脑子里瞬间空白一片。

终于又能自由呼吸了，可是……

画面好像定格了一般。窗台边的沈煜夜半个身子伸出窗户，还保持着伸手的动作，而另一只手上则抓着一块雪白的布料。

我感觉到自己在急速下坠，被沈煜夜撕坏的衣服像破布一样挂在身上，霎时间，脑子里只有一个想法在盘旋着：完、了……

“咚——”我感觉自己掉在一块还算柔软而且有弹性的东西上面，然后被抛高，接着再掉下来，再被抛高……反复几次，我的脑子里便只剩一团糨糊了。

视线一片模糊，而且，头好晕……

一大群人围在我身边叽叽喳喳吵个不停，我看不清他们的脸，听不清他们的声音。

神啊，如果可以，请让我永远都不要醒来，我已经没有脸再面对这个美丽的世界了……

上帝似乎听到了我的请求，于是我眼前一黑，华丽丽地晕了过去。

4

睁开眼睛，一片白色。

天花板是白色的，墙壁是白色的，窗帘是白色的，就连床也是白色的……这里是什么地方？我又怎么会在这里？

望着天花板，我努力在脑海里搜索有用的信息，片刻的空白后，终于想起了自己从三楼的杂物间掉下去的那一幕，再看看这白得近乎刺眼的房间，我忍不住咽了咽唾沫。

难道上帝真的听到了我的呼唤，将我带上天国了？天哪！

“沈学长，你真是太勇敢了！”

“沈学长，你是我们的大英雄！”

……

一连串脚步声由远及近，最后停在门口，接着便是门把手转动的声音。虽然对来人感到好奇，但我还是闭上了眼睛，假装自己睡着了。

“怎么还没醒过来？”略有些耳熟的男声传进我耳朵里，接着便感觉一团阴影笼罩在我上方。因为怕被发现装睡，我心跳的速度越来越快，双手也不自觉地抓紧了床单。

大概是没有发现什么异样，片刻后，笼罩在我上方的阴影消失了，四周变得嘈杂起来。

“沈学长，我真的好崇拜你哦，为了拯救这只迷途的羔羊，你竟然不顾自身安危，从那么高的地方跳了下去！”

“沈学长这么英勇，是我们学习的榜样，一定要让报社整版报道出来！”

……

“茉莉，茉莉？”伊小贝的声音传进我耳朵里，然后她抓着我的胳膊轻轻晃了晃，“医生都说你没事了，你怎么还没醒过来呢？”

我悄悄将眼睛睁开一丝缝隙，瞧见之前空荡荡的房间已经快要人满为患，一大群女生将一个头发挑染成红色的高个男生围在中间，个个脸上都是幸福的花痴表情，唯独那个男生，脸上的表情有些不耐烦。

居然是沈煜夜！可是，他怎么会在这里？难道是因为知道是他害我从三楼掉下去的，怕我出什么事所以心里不安？

趁着大家的注意力全都放在了沈煜夜身上，我悄悄给伊小贝使了个眼色，让她把那些人全部支出去。

伊小贝会意，然后向沈煜夜走过去：“虽然不知道为什么茉莉还没有醒过来，不过既然医生都说她没有什么问题了，大家就先回去吧，我在这里守着她就好了。”

“伊小贝说得对，医生都说她没什么事了，沈学长也不用担心了，我们都先回去吧！”这娇滴滴的声音，不是刘艺婷又是谁！

“也好。”半晌后，沈煜夜终于开了金口，“有事记得给我打电话。”说完，以沈煜夜为首的一群人便陆陆续续地往外走去。

“沈学长，你看现在天色还早，正好我这儿有两张《唯の恋》的电影票，我们一起去看好不好？”

“电影有什么好看的！沈学长，西街那边新开了一家西点店，我们一起去尝尝吧！”

……

吵嚷声渐渐远去，我小心翼翼地睁开眼睛，见房间里只剩伊小贝一个人了，这才长舒了一口气坐起来。

谁知道伊小贝二话不说就给了我一个熊抱：“傻茉莉，你到底有什么想不开的，好好的干吗要跳楼？你知不知道，你快吓死我了！”伊小贝眼泪都在眼眶里打转了，好不容易才给憋了回去，“幸亏有沈煜夜在，他见你掉下去了，二话不说跟着就跳了下来，抱起晕过去的你就往医务室跑。幸好只是三楼，下面又有救生垫，医生说你没什么大碍，只是受了点惊吓。”

什么？我掉下去之后沈煜夜也跟着跳下来了？还是他送我去的医务室？难怪那些花痴都把他当成英雄一样崇拜！

不过，恨不得一巴掌拍死我的沈煜夜真的会那么好心？要不是因为他，我怎么会从楼上掉下来，还被大家误以为我要轻生？最糟糕的是还被全校师生看见了！呜呜，我李茉莉这辈子连同下辈子的脸都被丢光了，我不要活了啦……

“我就说怎么可能还没醒，原来是装的。”

沈煜夜的声音突然响起，我吓得立马一个激灵，抬起头就见他双手抱胸站在门口。

他他他，不是已经走了吗？怎么又折回来了？

“沈沈沈……”我瞪大眼睛看着他，说话都不利索了。

“怎么，没摔成脑震荡，给摔成结巴了？”沈煜夜挑眉，然后朝我走过来，吓得我一哆嗦，抓住伊小贝挡在我前面。

沈煜夜弯起嘴角嘲讽地一笑，抓着伊小贝的胳膊将她拉开：“你哥还在外面等你。”

“可是茉莉……“

没等伊小贝说完，沈煜夜接着道：“喻北初和他在一起。”

沈煜夜话音刚落，刚刚还有些担心我的伊小贝立马两眼放光，扔给我一个“珍重”的眼神就飞快地跑了出去。

我眼珠子都快掉出来了，这这这，这又是什么情况？

房间里一下子就只剩我和沈煜夜两个人，安静得连针掉在地上的声音都能听得见。我小心翼翼地咽了口口水。

“矮冬瓜，我们之前的账都还没有算清对吧。”沈煜夜一步一步走向我，像极了背上长着蝙蝠翅膀、手里拿着钢叉的恶魔，“你居然还敢给我惹事？”

我抓着被子护在胸前往后退，直到后背贴在冰冷的墙壁上。

“居然能想出跳楼这样的馊主意，你的胆子长到脑子里面去了吗？”说着，沈煜夜居然把手伸过来捏我的脸，“居然还给我装睡？浑蛋，要不是伊圣昕过来找他妹妹，我差点就被你骗过去了！”

什么？伊圣昕的妹妹？难道是……伊小贝？天哪！

“疼疼疼……”好不容易拉开沈煜夜捏我脸的手，我赶紧揉了揉脸颊。

不用想也知道，我的脸颊现在一定又红又肿了！

沈煜夜收回了手，拳头却一点一点收紧，近乎咬牙切齿地看着我："你这个倒霉星来的倒霉家伙，你知道我忍得有多辛苦，才没有把你揍成猪头？"

"不要打我！"我被沈煜夜那阴森森的表情吓得整个缩进了被窝里，躲在里面瑟瑟发抖。我从三楼掉下来都没事，但是挨他一拳，保不定就有事了！

半晌没有动静，我小心翼翼地掀开被子一角，见沈煜夜正皱着眉不知道在想什么。见我偷瞄他，沈煜夜狠狠地瞪了我一眼，还扬了扬拳头作势要招呼到我身上来，吓得我赶紧又缩进被子里去了。

"真无趣。"

半晌后，沈煜夜丢下这三个字便迈开步子往外走，我将脑袋探出来，却只看到沈煜夜双手插着裤袋离开。

一时间，我有点丈二和尚摸不着头脑。沈煜夜这是不打算跟我计较了吗？

03 第三章

好一朵没力的茉莉花

1

日暮时分，被霞光笼罩的天空像是燃烧起来了一般。

学校里空荡荡的，看不到一个人，静得可怕，我趴在三楼的窗户边看着偌大的校园，莫名地觉得有些恐慌。

“李……茉……莉……”突然，一个鬼魅一般的声音从身后传来，吓得我一哆嗦，身上的汗毛跟着根根竖立起来。

谁？谁在叫我？

我吞了吞口水，谁知刚扭过头就看见一张血淋淋的脸，整张脸都是伤，五官都已经辨识不清了，吓得我立马倒吸了口气。

妈妈呀，有鬼！

脑子里有片刻的空白，反应过来的我立马迈开步子就往门外跑，可那只鬼揪着我的衣领，无论我怎么跑都只是在原地踏步。

完了完了，被鬼抓住了！怎么办，怎么办？会不会死，会不会被吃掉？

“矮冬瓜，你死定了！”

眼角的余光瞥见那只鬼的嘴角扬起了诡异的弧度，我心里“咯噔”一响，只感到一股不小的力道将我向前一推，于是我整个人便从窗台上翻了出去，然后急速下坠，掉进无边的黑暗……

“救、救命，救命……哎哟！”

疼疼疼——我揉着脑袋坐起来，大口大口地喘着气，却发现眼前的一切都是那么熟悉：贴满了画纸的房间，淡粉色的床，米色的窗帘……

呼，原来那么可怕的场景只是我的一个梦，我只是从床上掉下来了而已！沈煜夜那个家伙还真是阴魂不散！

我扶着床沿想要站起来，谁知道刚一抬头就看到一张无限放大的脸，距离我只有0.1毫米，吓得我又是一声高分贝尖叫，一屁股又坐回了地板上。

罪魁祸首李茉薇一脸不爽地揉着耳朵道："李茉莉，大清早的，你见鬼了啊！"

"就是见到你这只'鬼'了！"我揉着屁股站起来，拍了拍胸口给自己压惊，"人吓人，吓死人，你不知道啊！"

"就你那点老鼠胆子！"李茉薇抛给我一个白眼，然后拿着报纸在我眼前晃了晃，冲我神秘一笑，"看，李茉莉，你上报了哦！"

上报？上什么报？我一脸疑惑。

难道是我扶老奶奶过马路的时候被人看见了，所以上报表扬？

还是我在路边捡了十块钱没有交给警察叔叔，所以上报批评？

可是李茉薇脸上那幸灾乐祸的笑又是怎么回事？

我一脸狐疑地接过李茉薇手上的《里南日报》，立刻眼尖地看到了"星辉学园"几个字，再看一下内容，简直恨不得自插双目，只见报纸用整版的篇幅报道了星辉学园某女生因为学习成绩倒数第一，一时想不开跳楼轻生，幸好某高年级男生及时出现，将这只迷途的羔羊救了回来。

这这这……我"咕咚"咽了口口水。虽然报纸上只登了很小很模糊的一张照片，还象征性地在脸部打了马赛克，文中也没有提到男女主角的名字，只是用小学课本上出现最多的"小红"和"小明"代替，可是……我从三楼掉下去的时候，那么多同学和老师都在场，男主角又是大名鼎鼎的沈煜夜，相信只要是星辉学园的人，看到报纸都知道是怎么回事！

完了完了，居然上报了！现在该怎么办？

见李茉薇一脸坏笑地看着我，我轻咳了两声，然后故作镇定地把其他版面的内容也翻看了一遍，装作什么都不知道地问她："不是说我上报了吗？在哪里？我怎么没看见？"

李茉薇朝我轻蔑一笑："你真以为我不知道你考进星辉的时候，成绩是倒数第一吗？"

我毫不犹豫地抓起抱枕朝她扔了过去："你去死！"语气这么酸，一定是因为她没考上星辉而我考上了，一定是！

李茉薇一把接住我扔过去的抱枕，也不继续跟我闹，而是笑得像偷了腥的猫一般："李茉莉，赶紧换衣服，贵客马上就要到了！"

"贵客？什么贵客？"

"等下你就知道了！"

又卖关子！我怀揣着疑问三两下换好衣服，跟李茉薇一起走了出去，只是刚踏出房门就愣住了。这这这，这还是我熟悉的那个家吗？

只见天花板上不知道什么时候挂上了彩带，在晨风中飘啊飘的，墙壁上也挂上了各色气球，更要命的是连地板上都铺满了花瓣，客厅漂亮得像是要开派对一样。

我一脸讶异地看着李茉薇："到底是什么不得了的贵客要来？"竟然要搞得这么隆重！

李茉薇见我是真的什么都不知道，脸上的表情更加幸灾乐祸："昨天半夜，你们校长打电话来家里，说今天要来家访！"

校长？开学典礼上那个中年美大叔？他居然要来做家访？难道他也听说

了“某女生因为学习成绩倒数第一，一时想不开跳楼轻生”的消息？那他来家访的目的是什么？难道是因为我给星辉抹黑了，要开除我？

“叮咚——”

恰好这时候门铃响了起来，我亲爱的爸爸妈妈也已经穿戴整齐站在了客厅，一脸的紧张和期待。李茉薇也不管我是不是面部表情已经僵硬得像是打多了玻尿酸，拖着我就往门口走去。

呜呜……浑蛋李茉薇，我好歹也是你的亲妹妹啊，你怎么可以把我往火坑里推？

“校长好，欢迎来到我们家！”门一打开李茉薇就放开了我，快我一步上前把校长迎了进来，“我是李茉莉的姐姐，我叫李茉薇！”

爸爸妈妈更是夸张，一脸激动地上前去和校长握手，幸福得眼泪都要流出来了。

他们从来没期望过自己的女儿能考上星辉，尤其是各方面都稍逊一筹的小女儿；更让他们没想到的是这个超级贵族学校的校长竟然这么重视他们的女儿，开学才不到一个月就提出要来家访！这，这怎能让他们不激动啊！

“这就是李茉莉同学吧？”中年美大叔兼校长一脸慈爱地看着一脸局促的我，微笑着点了点头，“不错不错，星辉好多年没出过像你这么可爱的学生了，你的表现真是让我觉得意外又惊喜啊！”

我吞了吞口水，抬起手擦了擦额头上沁出的冷汗，语无伦次地道：“哪里哪里，校长您过奖了，这是我应该做的。”话一出口我就后悔了，恨不得立马咬掉自己的舌头！

我我我，我到底在说什么啊……虽然星辉的校长是个中年美大叔，虽然这位中年美大叔看上去笑眯眯好像很好相处的样子，说不定他只是先礼后兵，马上就要说出决定开除我的事了！

想到这一层，我立马一把鼻涕一把眼泪地跑过去抱住校长的大腿道：“校长，我知道错了，请你念在我年幼无知又是初犯的分上，不要开除我好不好？我保证下次……不，不，是以后都没有下次了！”

“哈哈哈，星辉还真是很久没出过像你这么可爱的学生了！”校长笑得花枝乱颤，眼角都出褶子了，“放心放心，我不会开除你的，也不会让别人开除你，相反还要找一个德、智、体、美、劳全面发展的优秀学生做你的辅导老师。李茉莉，相信自己，你在星辉不会永远是倒数第一的！”

校长对我的态度太出乎我的意料，让我一时有些反应不过来。他说不但不开除我，还要给我找一个辅导老师？天哪，我不是在做梦吧？

把手移到大腿上使劲掐了一下，疼得我差点跳起来。会疼，那就不是在做梦了！真是太好了，我不会被开除！

之后校长和我家人聊了些什么，我已经没有兴趣去听了，脑子里想的都是我不会被开除，我可以在星辉一直念下去直到毕业。没有比这更让人开心的事了！

送走了校长，李茉薇走过来撞了我一下，然后学着校长的语气对我道：“李茉莉，相信自己，不会永远是倒数第一的！”说完便捂着肚子倒向了沙发，“哎哟，笑死我了！”

倒数第一倒数第一倒数第一……这几个字的效果无疑是大热天里的一瓢冷水，将我从头到脚淋了个透，我脑袋里跟着浮现出罪魁祸首沈煜夜那张帅得要命也欠扁得要命的脸，立马把牙齿咬得咯咯响。

浑蛋，都怪他，那个萝卜头、扫把星，要不是他，我怎么会上报，怎么会惊动校长，怎么会让别人都知道我是倒数第一，又怎么会被李茉薇嘲笑！

李茉薇朝我靠近了一些，一脸戏谑地说：“喂，李茉莉，你有没有听见老鼠啃东西的声音？吱吱吱……”

我立刻抬起脚踹向她。

浑蛋李茉薇，就会戳我痛处，你这个全世界最不靠谱的姐姐！

2

呼哧——呼哧——

骑着爸爸奖励给我的粉红色小公主车，我现在的心情说不出地愉悦。

本以为因为“学习成绩倒数第一，一时想不开跳楼轻生”这样的乌龙事件上了报，我才刚刚开始闪光的人生就要喊停，谁知道人见人爱花见花开的校长大人不但没有开除我，还要给我找一个辅导老师，而我的爸爸妈妈也因为我在星辉被校长如此重视，二话不说就买了我好久以前就想要的小公主车奖励给我，让李茉薇嫉妒得恨不得也去跳一次楼上一次报。

“茉莉，要加油，不要辜负了韩校长的期望！”

爸爸妈妈，你们放心吧，我一定会成为你们的骄傲！

“好一朵美丽的茉莉花……”

我心情大好地哼起了歌，踩着脚踏板迎着晨风朝星辉学园驶去，身后一辆宝蓝色的敞篷跑车呼啸而来，几乎是和我擦肩而过，我只看见驾驶位上那个家伙有着一头红色碎发，在朝阳的映衬下异常张扬夺目。

红色头发，难道是沈煜夜？左眼皮突突地跳了几下，我赶紧刹车，朝土地庙的方向拜了三拜。土地公公，请保佑我远离沈煜夜吧，阿门！

真是怕什么来什么，我拜了土地公公之后骑着车走了才不过三四百米，就看见路边停着一辆超炫的宝蓝色跑车，如太阳神阿波罗一般耀眼夺目的少年正靠着车门打电话，语气相当地不爽，嘴巴里几乎要喷出火来。

这么嚣张，这么暴戾，不是沈煜夜又是谁！

看他那一副暴龙兽即将暴走的样子，肯定是跑车出问题了。这里离学校还有很远一段路，附近又打不到车，就算一路跑过去也不一定能赶在上课前进校门。

要迟到了吧，活该！

我在心里把沈煜夜狠狠嘲笑了一番，然后若无其事地骑着小公主车继续朝学校的方向前进，不过沈煜夜显然已经看见了我，几乎是咬牙切齿地道：“李、茉、莉——”

我握着车头把手的手一抖，差点就从小公主车上摔了下去。这个恶魔，我该庆幸他终于记得我的名字了吗？

“该死的，你这个倒霉星来的倒霉家伙，怎么这么倒霉！每次我见到你都没好事！”沈煜夜抬起脚狠狠踢向车子，却由于太用力反倒踢疼了自己的脚，立刻龇牙咧嘴地抱着痛脚表演单脚跳，“浑蛋！”

我捏住刹车让小公主车停止前进，然后一手捂着肚子一手指着沈煜夜，非常不客气地哈哈大笑。现世报啊现世报，还好意思说我倒霉，明明是他自己倒霉好不好！

“真该死！”沈煜夜低咒一声，然后迈开修长的腿朝我走过来。

这个家伙，他又想干吗？看他那一脸杀气腾腾的样子，难不成要对我动手？我吞了吞口水，踩上踏板就往前骑去，谁知道沈煜夜手长脚长，几步就追上来了，控制住了后车座，让我再难前进半步。

“你你你，你想干吗？”

“你，下来，车给我用一下。”说罢，他皱着眉头指了指我的粉红色小公主车。

什么，他不准备对我动手，而是要对我的车子动手？

“我、拒、绝！”虽然心里确实有些害怕，但是原则必须坚守，哪怕对方是大魔王！

“浑蛋，我没有在跟你商量！”说着，沈煜夜一巴掌拍在小公主车的龙头上，可怜的车龙头立马就有些变形了。

我咬牙打了一个寒战，十分不情愿地挪开屁股下了车。好可怕，要是这一巴掌落在我身上，我不被拍残也会被拍傻的！车子虽可贵，生命价更高！

沈煜夜看着小公主车皱眉研究了好半天，然后抬腿跨坐上去，可是因为身高的关系，他的腿根本伸不直，而且他一个大男生骑着小女生的车，还是粉红色的，别提有多搞笑了！

我极力忍住笑，并且告诉自己，他是恶魔，无论他的表现有多么可笑，为了生命安全我也不可以笑，绝对不可以笑！

噗哈哈哈，我忍不住了，哈哈，哈哈哈——

“再敢笑一声试试！”沈煜夜回过头瞪我，然后抬起右脚踩在踏板上使劲一蹬，只听“哐当”一声，连人带车一起摔倒在地上。

我的车！呜呜……好心疼！那可是爸爸奖励给我的我梦寐以求的礼物啊，才刚刚被沈煜夜拍得车龙头变形，现在又被摔在地上，要是被爸爸知道了，肯定会被没收的！

怎么会有这么笨的人，居然连自行车都不会骑！

沈煜夜从地上站起来，眉头都快拧成麻花了，他抬手指了指在地上“躺尸”的小公主车，颐指气使地对我说道：“喂，矮冬瓜，把它扶起来，载我去学校，快点！”

“我叫李茉莉，李茉莉！”这个红毛暴龙兽，他到底有没有认真记过我的名字啊！

“该死的矮冬瓜，你这是什么态度？废话那么多，是想挨揍吗？”近乎咆哮的发问，震得我耳膜都快破掉了。

受不了，耳朵要聋了啦！

我揉着耳朵愤愤地看着沈煜夜：“再说一次，我叫李茉莉，李茉莉！”

庄子说过，富贵不能淫，贫贱不能移，威武不能屈！

“很好，狗尾巴花，你是在挑战我的耐心？”沈煜夜不怒反笑，然后将脸凑近我，伸出双手扯我的脸皮，“仔细看我的脸，想一想这张脸曾经因为你的愚蠢行为缠了快半个月的绷带，你难道就没有一丝丝罪恶感吗？”

“晃开（放开），疼！”

见我喊疼，沈煜夜松开了手，弯起嘴角笑得像张牙舞爪的恶魔：“知道该怎么做了？”

我欲哭无泪地将小公主车扶起来：“我、我知道了……”上天做证，我是被逼的，我真的一点也不心甘情愿！

沈煜夜笑眯眯地抬起手拍了拍我的脑袋：“这才乖。”然后揉了揉我的头发，我好好的发型立刻就被他弄成了鸡窝。

我要杀了他，这个浑蛋！

抬腿跨上小公主车，屁股才刚挨上坐垫，我便感觉后车轮下沉了一截，立马心疼得快要滴出血来。小公主车才第一天上路就遭到这样的对待，我作为它的主人却不能好好保护它，甚至连反抗恶势力的勇气都没有，我真的太对不起它了！

“快点出发，要是迟到了，你就死定了！”沈煜夜在我身后幽幽地开口，顺带还戳了戳我的背。

我只得打落牙齿和血吞，使劲蹬着脚踏板，载着恶魔沈煜夜龟速朝着星辉学园的方向移动。

呜呜，谁来解救我……

3

一刻钟以后，我终于望见了星辉学园的轮廓。

“骑快一点，矮冬瓜，要迟到了！”后车座上的沈煜夜很是不耐烦地催促着。

我向上帝发誓，我真的很想一脚把他从我的车上踹下去，然后对他道一声“再也不见”。一个大男生这么欺负小女生，他一定会遭到报应的！嗷嗷嗷——

半分钟以后，华丽丽的校门终于近在眼前。

呼，总算要到了！沈煜夜那家伙也不知道吃什么长大的，重得跟猪一样，累死我了！

“矮冬瓜，还不快一点，校门要关上了！”

门卫大叔无视正在奋力蹬着踏板朝着校门靠近的我，任凭电动校门一点一点地朝中间合拢。

我使出浑身力气猛踩踏板，小公主，求求你争气一点，千万别让我迟到啊，我的学习成绩已经垫底了，要是再迟到，我就死定了！

“砰——”

“浑蛋，你停下来做什么？”愤怒的声音从我身后传来，震得我的耳朵“嗡嗡”作响。

我欲哭无泪地回头看着那个罪魁祸首：“车子……爆胎了。”

“该死！”沈煜夜暗骂一声，屁股立刻离开了小公主车的后座，然后迈开长腿朝着校门跑了过去。

我跟着从车上下来，撒开脚丫子推着小公主车以生平最快的速度朝着校门飞奔过去。

加油冲啊，李茉莉，胜利就在眼前了——

就在沈煜夜距离电动门仅一步之遥时，电动门“哐当”一声合上了，沈煜夜的脸像是抹了厚厚一层锅底灰，黑得不见天日，整个人也往外散发着一种“生人勿近”的危险气息。

“矮冬瓜，你死定了！”沈煜夜目露凶光地朝我走来，同时把指关节摁得“咔咔”作响，我心里虽然有些害怕，却还是毫不示弱地朝他瞪了回去。

这个萝卜头、扫把星，要不是他，我也不会迟到！

四目相对的一刹那，整个世界电闪雷鸣，仇恨的火焰在我们周围噼里啪啦地燃烧，似是要烧毁一切……

“现在的年轻人，谈个恋爱也不知道低调点，居然还明目张胆地一起迟到！”门卫大叔看了看我，又看了看正和我“眉目传情”的沈煜夜，十分无奈地摇了摇头。

正和沈煜夜斗得“难舍难分”的我听了大叔的话，一口鲜血差点就喷了出来。

大叔你是年纪太大所以眼花了吗，我和沈煜夜明明就是水火不容的敌人！

“大叔，你相信我，我和这个看上去就不像好人的人根本就不认识的！要不是我半路遇上他硬要搭便车，又一时好心载着他来学校，我根本不会迟到的！”说完我又换上楚楚可怜的表情道，“大叔，麻烦你开下门，让我进去吧……”

门卫大叔立刻喋喋不休起来：“国有国法，家有家规，学校也有学校的规矩，想迟到就迟到，你们以为星辉是什么地方？能进这么好的学校还不知道珍惜机会好好读书……”

“呜呜，大叔，我错了……”您要再这么念叨下去，我就算没有因为学习成绩倒数第一被开除，也要因为迟到被开除了！大叔，求求你，开开门，让我进去吧……

我扮可爱扮可怜扮无辜，把能用的招数全都用上了，嘴皮子都快磨起泡了，5分钟以后，门卫大叔终于答应放我进去。

“学校有学校的规矩，下一次再迟到，可就别想这么轻易地进校门了！”

“我明白了，谢谢大叔！”我顿了顿，又指着沈煜夜道，“大叔，那个家伙一看就不是什么好学生，迟到早退肯定是常有的事，您一定要好好教育他！”

“这还用你说！”大叔说完又扭头冲我吼，“马上就要上课了，你不去教室还站在这里做什么？”

“我马上就去，飞奔过去！”幸灾乐祸地冲沈煜夜做了个鬼脸，我推着半残废的小公主车头也不回地进了学校。

萝卜头，扫把星！停好车之后，我一边往教室的方向跑，一边在心里把沈煜夜那个家伙骂了无数遍。

“矮冬瓜，敢偷偷骂我，你活腻了吗？”沈煜夜的声音突然从我身后传来，吓得我差点被自己的口水呛到。真是罪过，因为怨念太重，我竟然不自觉地念出了声！

“你你你，你怎么进来的？”我可是嘴皮子都快磨破了才终于说动门卫大叔放行，怎么才一两分钟的时间，他就已经站到我面前了？

沈煜夜将我从头到脚打量了一遍，然后不屑地嗤笑道：“我可不像某人，倒数第一。”

倒数第一倒数第一倒数第一……我的脑袋上立刻戏剧性地冒出N个“十字路口”。这个浑蛋，他上辈子跟李茉薇是亲戚吗？

“现在，该好好算一下我们之间的账了吧！”

我吞了吞口水，沈煜夜朝我前进一步我就跟着后退一步，磕磕巴巴地开口道：“我们、我们之间有什么账要算的……”

沈煜夜轻哼了声，然后伸手过来扯我的脸：“你这个可恶的矮冬瓜，开学典礼害我毁容，之后又害我过敏，今天又害我迟到，居然还敢问我有什么账要算？”

“你也害我从三楼掉下去了，还上了报，还有今天明明是我被你害得迟到了，你恶人先告状！”我一边说一边毫不示弱地朝着沈煜夜又踢又打。

“该死的，你这是什么态度？”沈煜夜说着，更加用力地扯我的脸。

“晃、晃开（放开），你这个萝卜头！”

“敢说我是萝卜头？你这个矮冬瓜！”

“你扫把星！”

“狗尾巴花！”

……

十分钟后，我终于没有力气再战下去，像头老牛一样喘着粗气喊停：“停战停战，我要求和谈！”

此时的我在沈煜夜的摧残下，头发已经从鸡窝升级成了窝棚，衣服也在和他厮打的过程中被扯得皱皱巴巴的。沈煜夜也比我好不到哪里去，衣服上的扣子被我扯掉了两颗，裤子和鞋子上也全是我的脚印，看上去异常狼狈。

“和谈？”沈煜夜的眼睛里几乎要喷出火来，“我们这样子还能和谈？”

我在心里偷偷抹了一把汗，然后深吸了一口气，上前拍了拍沈煜夜的肩膀，开口说道：“之前的确是因为我不小心摔倒才害你毁容进了医院，又因为听了端木流的话害你花粉过敏在医院里多住了几天，可是也是因为你我才会从楼上掉下去，还上了报，校长也来做了家访，而今天也是因为你的关系才迟到。所以，沈煜夜，我们就这样扯平了吧！”

“扯平？”沈煜夜的表情像是听到什么笑话一样，“除非你让我划花你的脸，把你丢去医院住上十天半个月，还要每天被一帮臭小鬼找麻烦，那倒还有可能扯平！”

想到那对用绷带绑的兔耳朵以及“绷带脸怪兽”造型，我沉默了一下，正想开口说点什么，一个暴怒的声音从身后传来：“你们两个，在那里做什么？”

我正要回头，却听见沈煜夜说了一声：“快跑！”然后我的胳膊就被他抓住了，来不及反应的我只能被他拖着狂奔。

沈煜夜手长脚长，我根本跟不上他，一路踉踉跄跄，好几次都差点摔倒，直到那个声音渐渐离得远了，沈煜夜才停下脚步，而我也已经上气不接下气了。

“干，干吗要跑……”

“难道你想被那个变态的教导主任抓去教务处？”沈煜夜看我的眼神就像在看外星人一样，随即看到我的胳膊还被他抓在手里，立马像是触电了一样将手松开，而后握拳放在唇边轻咳了两声，以掩饰自己的尴尬，不过眼尖的我还是看见了他的耳根处有些泛红。

沈煜夜的反应让我也有些不自在起来，不过之前听别的同学讲过，星辉的教导主任是个特别变态的老女人，都三十好几了还没嫁出去，所以看见她一定要绕道走，尤其别被她抓到男女生单独在一起，难道说的就是刚才追着我和沈煜夜跑的那个？

“那什么，谢谢你啊。”在那么危急的时刻，沈煜夜不但没有丢下我，还暂时放下了我们之间的恩怨，带着我一起逃跑，看来这家伙的心眼并不坏嘛！

“咳咳……”沈煜夜的耳根红得更厉害了，“回去上课吧。”说完便朝着教学楼的方向跑远了，根本不给我说话的机会。

我愣了一下，反应过来之后立马浑身一个激灵。

已经是上课时间了，为什么我还站在离教室这么远的花坛旁边？

迟到这么久，我完蛋了啦！

4

迟到所要付出的代价是巨大的，不过迟到一刻钟，我就被老师罚跑了5圈，跑完之后整个人都虚脱了，若不是有伊小贝在，我真想直接倒在操场上了。

“茉莉，茉莉，你还好吧？”把我扶回教室之后，伊小贝一脸关切地把脑袋凑了过来。

“我不行了，我要死掉了……”说完便作势朝她倒了过去。

“别别别，先别死！”伊小贝赶紧将我扶正，然后拿出纸和笔，双眼放光地看着我，“茉莉，快，给了我独家你再死！”

我一头雾水地看着她：“什么独家？”难道八卦社最近已经没有新闻可以挖了吗，伊小贝居然都把魔爪向我伸过来了！

“就是你和沈煜夜不为人知的相爱相杀的恩怨纠葛啊！你都不知道你现在有多出名，好多人都想要你的消息，加上先前沈煜夜不顾自身安危救你于水火之中，现在很多人都在猜测你们俩的关系！”

“啊，还有这回事？”我惊得下巴都要掉下来了。

“不信自己看呗！”伊小贝努了努嘴，示意我看教室外面。

我顺着伊小贝的视线看过去，差点连人带椅子一起摔倒。不看不知道，一看吓一跳，教室外面竟然聚满了人，而且还在大声地议论着！

“看，那个就是因为成绩倒数第一想不开要跳楼的李茉莉！”

“就是她呀？又瘦又小又丑，到底凭什么让焰王子跳下去救她啊！”

……

人怕出名猪怕壮，自此以后，星辉学园每一节下课铃响后，一年级（8）班的教室外都围满了人，并且全都是冲着“李茉莉”来的，让我只觉得压力山大！

根据伊小贝八卦社的统计，我现在在学校里的谈及率已经仅次于星辉四王子，甚至隐隐有了超越的趋势，因为据说我是自星辉创校以来第一个因为成绩排名倒数第一而想不开跳楼轻生的人，也是首个让四王子里脾气最差的沈煜夜不顾自身安危也要救下的人，因此，星辉学园每个血液里含有八卦因子的学生都对我表示了极大的兴趣。

我向上帝爷爷发誓，我真的是个低调的人，这样的关注真的不是我想要的！现在在学校，无论我走到哪里都是焦点，焦得恨不得自燃，就连上个厕所都要被围观，像是异类！

“看，她就是传说中的李茉莉！”

我禁不住汗颜，我进入星辉才不到一个月，学校里竟然都已经有我的传说了！

“长成那样也好意思叫‘茉莉’，狗尾巴花还差不多！”

谁，谁说我是狗尾巴花的？你才是狗尾巴花，你全家都是狗尾巴花！

……

好不容易等到外面的议论声小了，我才走出厕所，发现那些看热闹的女生都已经散了，只有洗漱台前还站着一个女生，饶有兴味地看着我。

女生长得很漂亮，肌肤白皙如瓷，睫毛浓密卷翘，嘴唇似樱桃般水润，即使只是简单地扎着马尾、穿着校服，仍旧漂亮得让人看一眼就移不开视线。被这样漂亮的女生眼睛一眨不眨地看着，我完全不知道该作何反应，只是下意识地缩了缩脖子，尽量离她远些。

她看我的眼神里并没有恶意，但是不知道为什么，我总觉得心里有些发毛。

我迈开步子准备离开，那个漂亮女生却开口叫住了我：“你就是李茉莉？”

我机械地点点头。难道这个漂亮的女生也是沈煜夜的爱慕者，也是因为沈煜夜才来找我的？

“还记得我吗？”

我愣了一下，随即一脸茫然地摇了摇头。是稍微有一点眼熟，但是我真的不记得自己有认识这么漂亮的女生。

“开学典礼，少女团，换衣服。现在记起来了吗？”

“啊，是你……”经她提醒，我一下子就想起来了，眼前这个漂亮女生就是开学典礼那天在厕所里跟我换衣服，让我顶替她上台献花的那个少女团成员，那她特地来找我，难道是因为我毁了开学典礼，现在秋后算账来了？

“真是抱歉，开学典礼被我搞砸了……”完了完了，人家现在找上门了，我该怎么办？

“你不用紧张，我没有恶意的。”见我一脸的局促不安，漂亮女生禁不住轻笑出声，“我只是最近听说了很多关于你的事，所以想跟你交个朋友。”

“你、你想跟我交朋友？”我没听错吧，这么漂亮的女孩子居然说要跟我交朋友？

“不可以吗？”漂亮女生冲我调皮一笑，“自我介绍一下吧，我叫安雅，是三年级的学生，你叫我的名字或者叫我学姐都可以。”

“安雅……学姐。”想了想，我还是把心中的疑惑问了出来，“你来找我，是因为沈煜夜吗？”沈煜夜那个家伙虽说脾气暴躁了一点，性格幼稚了一点，又爱记仇，但是不可否认的是他确实是个极品帅哥，有既漂亮又温柔的学姐喜欢也不是不可能的事。

“夜只是很小一部分原因，我对你本人更有兴趣，所以想要交你这个朋友。”话锋一转，安雅又把话题引向了沈煜夜，“不过在你出现之前，我可从没见过夜把自己搞得那么狼狈过呢！你很厉害。”

我有些不好意思地摸了摸后脑勺，搞不清安雅最后那句话到底是在夸我还是损我。不过看她对我一丝敌意也没有，说到沈煜夜的时候语气也很平缓，所以，大概，她是真的觉得我在某方面很厉害吧……

“夜是个性格很别扭的小孩，虽说脾气暴躁了点，对人也总是凶巴巴的，但是他的心眼并不坏，也从来没有真正地伤害过谁，所以，小茉莉，如果他做了什么让你生气的事，你直接来找我就行了，我会帮你收拾他的！”

听了安雅的话，我只觉得一阵茫然。她为什么要在我面前说沈煜夜的好话？难道是她觉得我被沈煜夜欺负了，所以来说这些话安慰我？还是觉得我以后会被沈煜夜欺负，所以提前给我打预防针？可是我跟她非亲非故甚至连熟识都谈不上，她这么做又是为了什么？

“今天暂时就到这里吧，要上课了，我先回教室了，再见！”

“再见！”

跟安雅分别之后，我也回了教室，并且把安雅跟我讲的那些莫名其妙的话都讲给了伊小贝听，希望她能为我解答疑惑，不过伊小贝的思维明显跟我不在一个频道，沉思片刻后问我：“你说的安雅是不是星辉的第一校花安雅？”

“应该是。”安雅那么漂亮，又是少女团成员，绝对是校花无疑。

我以为伊小贝会再说些什么帮我把心中的疑惑解开，谁知道她只是拍了拍我的肩膀，然后给了我一个鼓励的眼神：“茉莉，披荆斩棘向前冲吧，我绝对支持你！”然后就没有别的话了。

我只觉得更加困惑。这到底是怎么了，为什么她们说的话我都听不太懂，难道是我的理解能力太差了吗？

谁能为我解答一下疑惑？

04

第四章

王子与小矮人

1

又到了社团活动时间，一想到自己因为一时大意而被端木流骗进了沈煜夜的话剧社，我就忍不住想要撞墙，如果时间可以倒退回去，我一定会对那个“桃花痞子”说“NO”！

犹豫了很久，我还是握拳咬牙站在了话剧社门口，心里也咚咚地打着小鼓：沈煜夜是话剧社社长，又看我那么不顺眼，恨不得我离他就像地球到火星那么远，我如果说要退社，他一定会举双手同意的吧！

门是虚掩着的，我轻轻推开了一些，做贼一样透过门缝朝里面瞄了瞄，见整个话剧社忙得不可开交，这才轻手轻脚地走了进去。

“小茉莉，欢迎你的到来！”

未见其人，先闻其声，害我不得不站在这里的罪魁祸首端木流像一阵风似的，转眼就到了我面前。

我忍不住嘴角抽了抽：“学、学长好……”这个“桃花痞子”，他到底是长了千里眼还是顺风耳，我都这么小心了，居然还是被他发现了！

“端木流，你又搞什么？”沈煜夜抓了抓头发，十分火大地看了过来，原本是要对端木流说些什么，可当他的目光触及到站在端木流身旁的我的时候，脸上的表情立马就变成了惊悚，“你这个倒霉的矮冬瓜，来话剧社做什么？”

沈煜夜这一吼，话剧社成员都停下了手里的工作，目光齐刷刷地聚集在了我身上。

“那不是学习成绩倒数第一的新生李茉莉吗？”

“对啊，她怎么来话剧社了？”

……

社员们的议论让我禁不住一阵头大。我向上帝发誓，我绝对是个低调的人，这么高调的登场方式真的不是我的本意！

本来只是想找到沈煜夜悄悄跟他商量退出话剧社的事的，现在看来，根本不可能了。

等了老半天，沈煜夜也有些不耐烦了：“没事不要堵在门口打扰我们排练！”

“我当然……”

“她当然是来参加社团活动的！”话才说到一半，端木流就笑眯眯地打断了我。

我扬起脑袋瞪他。这个“桃花痞子”，他又想玩什么花样？

“她到话剧社来参加社团活动？”沈煜夜像是听到什么很好笑的笑话一样，一脸不屑地嗤笑道，“开什么玩笑！你当我这个社长是白痴吗？”

“我其实是……”

话才说到一半，端木流又打断了我：“小茉莉是话剧社的成员，到话剧社参加社团活动，难道有什么问题吗？”

沈煜夜看着笑眯眯的端木流，脸色由白转红，再由红转青，最后变成了锅底灰一样的黑，脸部肌肉也跟着抽搐了几下，皮笑肉不笑地指着我道：“端木流，最好不要我告诉我，你趁我不在的时候把这个家伙弄进话剧社了！”

“为什么不可以呢？”端木流笑得一脸欠扁地抬起手捏了捏我的脸，“难道你不觉得小茉莉很可爱吗？”

我立刻飘飘然起来。星辉四王子之一的端木流竟然夸我“可爱”……啊，我金子般闪闪发光的人生价值终于有人发现了吗？

“可爱？可怕还差不多！”还没飘上云端，沈煜夜一句话就把我打进了地狱，“你把这个倒霉星来的家伙弄到社团来，是想我的话剧社早日关门大吉吗？”

“阿夜，你这样说可就不对了。”端木流说着像牵宠物一样把我牵到了沈煜夜面前，“小茉莉的长相虽然路人了点，但好歹也是一朵娇花啊，应该好好呵护才对嘛！”

沈煜夜拳头收紧，额头上的青筋都暴出来了：“端木流，想打架吗？”

端木流依旧笑眯眯的：“你打不过我的。”

“浑蛋！”沈煜夜说着一拳朝端木流挥了过来，却被端木流毫不费力地避开，笑眯眯地回他道，“阿夜，你的火爆脾气该收敛收敛了，再这么下去会交不到女朋友的哦！”

“你以为都像你啊，花蝴蝶！”沈煜夜耳根子一红，说着又是一拳。

就这样，沈煜夜和端木流一个打一个避，端木流偶尔像逗猴一样回沈煜夜几下，话剧社眼看着就变成他们俩的战场了，那些花痴社员还分作两队为各自的王子呐喊助威，话剧社都快变成斗兽场了。

被忽略到几乎成了透明人的我终于忍不住举手抗议道：“我要退社！”

斗兽场……哦不，战场上的两人终于停了下来，端木流看了看沈煜夜，又看了看我，意味不明地挑了挑眉，沈煜夜则危险地眯起了眼睛：“矮冬瓜，你说什么？”

“我说——”沈煜夜的气场太过强大，我差点就敌不住，吞了吞口水好不容易稳定心神，然后一字一顿地道，“我、要、退、社！”

“很好！”沈煜夜弯起嘴角笑了起来，可是不知道为什么眼底一片冰冷，“退社申请书给我。”

“呃，我马上就写！”我说完转身就要回教室。

退个社团还要退社申请书？真是麻烦！

“小茉莉，你当真要退社？”端木流也不拦我，只是开口叫住我，“要知道，在星辉，一旦你退社，就没有可能再加入别的社团了，除非你有资格申请新的社团，不过看你的情况，似乎……不太可能。”

“端木流你什么时候变得这么唠叨了？”沈煜夜不耐烦地开口，“要退就退，反正我是绝对不会让这个家伙留在话剧社的！”

“切，谁稀罕！”嘴上这么说，我脚下的步伐却越来越慢，心里也打起了小鼓。

要建立新的社团，必须得有三个以上的成员才符合建立条件，可是就如端木流所言，凭我的情况，建新社团根本就是不可能的事！

“小茉莉，考虑得怎么样了？还是决定要退出吗？”

深吸了一口气，我转身朝沈煜夜露出了比向日葵还要灿烂百倍的笑容来：“亲爱的社长大人，刚才说要退社的话，其实是我跟你开的小小的玩笑，仅作为新成员送给你的见面礼，很好笑对不对？哈，哈哈，哈哈哈……”

整个话剧社陷入沉默，然后一队乌鸦“呱呱”叫着从头顶上方飞过。

我在心里悄悄擦了擦汗，这些家伙还真是没有一点幽默细胞！

“真是该死！”沈煜夜握紧了拳头，然后咬牙切齿地看着我，“你这个倒霉星来的矮冬瓜是跟我有仇吗？”

为了不触犯校规，我只能继续装傻道：“社长，你说什么，我听不懂。”

沈煜夜的眼睛里几乎要喷出火来，可是众目睽睽之下又不好发作，忍了又忍，才没有跟我再一次不顾形象地掐架。

“矮冬瓜，你记住，从今天起，你就是话剧社的杂役！”说完他便从地上那一堆破布里扒拉出一件灰不溜秋的衣服扔给我，“以后凡是话剧社的活动，你都给我穿上它！”

这算公报私仇吗？我瘪了瘪嘴走进换衣间将衣服换上，幸好这衣服只是看上去破了点，并没有很脏，也没有什么奇怪的味道。

换好衣服走进大厅，和预料的一样，女生们都在盯着我窃笑。

其实也不能怪她们，谁叫她们都是贵族小姐的打扮，只有我穿着灰不溜秋的乞丐装，像是不小心滚进了鸡蛋里的猕猴桃！

“这是灰姑娘？”端木流摸着下巴围着我转了转，然后打了个响指，“诠释得真完美！”

沈煜夜则嘲讽地笑：“还真是为你量身打造的！”

我只是悄悄冲他做了个鬼脸。

灰姑娘又怎么样，难道你们都没看过童话故事吗，不知道最后灰姑娘嫁给王子，过上了幸福快乐的生活吗？

想到这里，我禁不住又是一声叹息。

我的王子你到底在哪里，为什么不现身解救我？你难道就忍心看我被沈煜夜如此欺负和折磨吗？

2

很久很久以前，在那遥远的国度，有一个英俊不凡的小王子，他的皮肤像雪一样白，他的头发像炭一样黑，他的嘴唇像血一样鲜红，他是世界上最英俊迷人的王子。

英俊的小王子几乎得到了国王全部的宠爱，这让他的哥哥们非常嫉妒，想方设法地要除掉他，于是他们编了个故事，告诉他王宫外面的森林里有个小人国，那个国家的人都只有拇指大小，他们日出而作、日落而息，吃的是蜂蜜和露水，住的是蘑菇房子，他们的床也都是用花瓣做的。

小王子听了之后心动极了，每天都缠着哥哥们，要他们带他去森林里的小人国。哥哥当然是非常愿意的，于是合伙把小王子带到森林里，之后找了个理由把他扔下。

没有了哥哥们带路，小王子在森林里迷路了，不知道往哪个方向才能找到小人国，也不知道往哪个方向能回家。

很快天就黑了，小王子看见森林深处有好多萤火虫一样的光闪动，便拔出宝剑披荆斩棘一路向前，竟真的找到了传说中的小人国！和哥哥们的描述一样，小人国里的人都只有拇指大小，住在树上的蘑菇房子里，他们的床也都是用蔷薇花瓣铺成的。

对于小王子的到来，小人国的臣民们表示了极大的热情，他们告诉他，小人国的人是因为被巫婆施了魔法才会变得这么小的，只要王子能吻醒他们沉睡的公主，小人国的魔法就会解除，通往森林外面的路也会重新出现。

小王子历经千辛万苦终于爬到了森林中央那棵巨树的顶端，找到了沉睡的蔷薇公主，用最真挚的吻吻醒了公主，小人国的魔法瞬间解除，大家都变回了原来的大小。

小人国的人们又过上了正常的生活，小王子带着公主回到自己的国度，举行了盛大的婚礼，然后和公主一起过上了幸福快乐的生活。

此时的我正坐在话剧社的角落里补那些被社员们不小心弄破的衣服，社长沈煜夜则正声情并茂地为大家讲述从他笔下新鲜出炉的话剧剧本《王子与小矮人》，而那些花痴社员则一脸崇拜地在那儿听得津津有味。

摇了摇头，我忍不住在心里把沈煜夜的剧本骂了千百次。什么《王子和小矮人》，这分明就是《小王子》+《白雪公主》+《拇指姑娘》+《睡美人》的综合版！

沈煜夜很快便安排好社员们应该扮演的角色，然后让大家熟悉剧本，接着便开始排演。

沈煜夜毫无疑问扮演的是小王子，这里请容许我先吐槽一下：剧本里的小王子不是皮肤像雪一样白，头发像炭一样黑吗？怎么到了现实里，皮肤就变成了小麦色，头发也变成张扬的红色？而且就沈煜夜那一点就着的火爆性子，他真的和“天真”、“善良”这一类的词语沾得上边？

端木流要扮演的角色是小王子坏心肠的哥哥，虽然他来演也不错，可是我总觉得他的扮相更像个拿棒棒糖诱骗小萝莉的怪叔叔。

然后是一众群众演员，比如说小王子在森林里遇见的怪鸟啊，野兽啊，当然，最后都是被小王子用宝剑解决掉了的；还有就是小人国善良又热心的臣民们。

最后，剧本里还有一个重量级的人物，就是最后被小王子吻醒的蔷薇公主。据说扮演这个角色的人还没有最终定下来，而话剧社除了我之外的每个女生都想要扮演公主，于是乎，一场不见血的斗争就在话剧社里拉开了帷幕……

看着“硝烟弥漫”的话剧社，我无奈地叹了口气，一剪刀剪掉线头，然后扯着嗓子唱起了歌：“小白菜呀，地里黄呀，两三岁呀，没了娘呀……”

大概是我的歌唱得太过好听，容易让人分神，没唱几句，沈煜夜就开口警告我道：“矮冬瓜，闭嘴！”说着还狠狠瞪了我一眼。

叫我闭嘴我就闭，那我岂不是太没有面子了？真是的，我不过是看到社团气氛太紧张，才想着唱首歌缓解一下的，好心没好报！

由谁来扮演公主，确实是个难题，沈煜夜的眉头都快拧成麻花了，端木流却还在一旁继续煽风点火：“阿夜，考虑得如何了，到底谁来扮演公主？”

“真该死！”沈煜夜一脸火大地把手里的剧本扔了出去，“这破烂剧本到底是谁写的？”

端木流笑得更加幸灾乐祸了：“可不就是你写的！”

沈煜夜这一次却没有发火，而是冲端木流冷笑道：“实在没人，就你来演！”

“阿夜，你开玩笑的吧！”端木流脸上的笑容瞬间龟裂，我第一次在他脸上看到了惊悚的表情，“你要我反串公主，还要被你亲？”

沈煜夜要和端木流玩亲亲？天哪！

可是端木流也是美男啊，气质甚至和我喜欢的漫画《水果篮子》里的由希有几分相似，换上公主装肯定也不会差到哪里去，到时候王子吻醒“公主”……一想到那个场面，我只觉得鼻子一热，伸手一摸，妈妈呀，我居然流鼻血了！

“其实我有个主意。”一直缩在角落里的我好不容易才止住了鼻血，居然又脑子一热，把大家的注意力吸引到了我这里。

沈煜夜嗤笑道：“就你这冬瓜脑袋能想出什么好主意来！”看样子明显不相信我有比让他亲端木流更好的办法。

这个可恶的萝卜头，我的脑袋才不像冬瓜！

“怎么想不出来！”我扔掉手里的衣服朝他们走了过去，然后略带忐忑地看着沈煜夜，“那个，安雅学姐和你的关系应该不错吧，你可以请她来演。”安雅可是为了沈煜夜特地来找过我，她那么温柔漂亮，沈煜夜没可能跟她关系不好的！

“安雅？”沈煜夜的脸由白转红，再由红转青，最后变成锅底灰一样的黑，近乎咬牙切齿地看着我道，“她真的去找你了？该死的！”

我有些不明所以，却见自从听见“安雅”的名字就开始憋笑的端木流上前拍了拍沈煜夜的肩膀道：“阿夜，还是抽签吧，让上帝来决定到底谁做你的公主。”

这大概是唯一公平又有效的办法了，沈煜夜不得不点头答应。

3

沈煜夜最后抽中了谁来演蔷薇公主，大概除了他自己和端木流，就只有上帝知道了。

为了不引起其他社员的不满，沈煜夜决定暂时不公布蔷薇公主的扮演者是谁，直到排演至吻醒公主的那一段。

不过据我猜测，沈煜夜应该是抽到了让他很不满意的人，不然也不会在打开纸条的那一刻脸色立马多云转阴，甚至隐隐有转向雷阵雨的趋势，不过很显然他抽到的不是端木流，不然的话端木流也不会笑得那么夸张，甚至还跟他说什么“天意如此，阿夜你就认命吧”这样的话。

话剧《王子与小矮人》终于开始排练了，作为话剧社最没有地位的杂役，我的工作已经不止是打扫卫生和缝补衣物了，还要提着小水壶奔走于整个话剧社为大家端茶递水，勤劳得都快赶上小蜜蜂了！

当《王子与小矮人》排练至小王子进入森林的时候，我终于得了空可以休息下了，便搬了小板凳坐在一旁，看沈煜夜扮演的小王子挥舞着宝剑击退怪鸟和野兽，一步一步朝着森林深处的小人国走去。

“等一下，等一下！”眼看着要进入下一个场景了，因为看小王子砍怪鸟和野兽看得还不够过瘾，我赶紧举起手发表了自己的意见，“社长大人，我有个提议！”

沈煜夜大概是真的很不想看到我，我一说话他的脸就黑了半边，然后咬牙道：“说！”

“是这样的，我觉得森林里这个场景还可以更生动一点！”说着我指了指扮演怪鸟的人，又指了指扮演野兽的那位，“你看啊，这么大的一个森林，怎么可以只有怪鸟和野兽呢，至少还应该有食人植物嘛，在小王子路过的时候想要吃掉他，最后却被小王子用宝剑砍成了几段，这样一来就更加突显出小王子的英勇了！”

“是这样吗？”沈煜夜摸着下巴沉思片刻，然后冲我露出了自我认识他以来最天真无邪的“善良”笑容，“既然如此，就由你来扮演那株食人植物吧。”

“那个……社长大人，我只是建议而已，你可以不用当真的！”沈煜夜看我那么不顺眼，要是我真的去扮演食人植物，恐怕那株食人植物的结局就不是被小王子用宝剑砍成几段，而是被他碎尸万段了！

想到这里，我禁不住打了一个寒战，转身就往我的专属角落里跑，可是沈煜夜似乎料准了我会开溜，抢先一步揪住了我的衣领，然后让人用棕色的布裹住我的腿，又在我胳膊上缠上了绿色的布条，把我装扮成了一棵树的模样。

“好了。”沈煜夜半眯着眼睛看了看我，然后拔出他闪着寒光的宝剑在我眼前比画了几下，“你站在那里不要动，我要开始了。”

我视死如归地闭上了眼睛，然后在心里把自己骂了千百遍。李茉莉你是猪啊，明知道自己跟沈煜夜八字不合，还跑去给他出主意，这下好了，倒大霉了吧！

半晌后，小王子的宝剑却根本没砍到我身上来，一直闭着眼睛等死的我只听见沈煜夜气急败坏地冲我吼道：“李茉莉，你是猪吗，站在那里都不知道动一下？”

我忍不住朝他翻了个白眼：“我是植物，植物是不会动的！”这么简单的道理都不懂，到底谁是猪啊！

“可是你扮演的是食人植物，要是你根本不动，小王子怎么会发现你是食人的，又怎么会挥动宝剑把你砍成一段一段？”沈煜夜气急败坏地抓了抓头发，然后退后几步，“这一段，重来！”

好吧，重来就重来！

这一次，只待小王子朝我走近，我立刻张牙舞爪地朝他扑了过去，像一只饥饿的野兽。

“浑蛋，你扮演的是植物，不是野兽！我只是叫你动，没叫你朝我扑过来！”沈煜夜几乎抓狂了，拔出宝剑就要朝我身上砍过来，“再重来！”

好吧，再重来就再重来！

这一次，我很安分地站在原地，只待小王子靠近，立刻把缠成树枝状的手朝他伸了过去，可是连小王子的衣角都还没碰到，小王子就抽出宝剑朝我砍了过来。

“啊，我死了……”才被小王子的宝剑砍了一刀，我就跌跌撞撞地倒在了地上，然后抱着沈煜夜的腿哭道，“小王子你好狠的心啊，居然这么对待一株植物，我死得好冤啊！我死不瞑目啊！我做鬼也不会放过你的，一定会找你报仇的！”

沈煜夜终于忍无可忍，揪着我的衣领把我提了起来，冲我大声吼道：“浑蛋，你是植物，植物！植物是不会说话的！再来一次！”

好吧，再来一次就再来一次！

作为植物的我站在原地一动不动，只等小王子靠近便伸出手，等着被他砍成几段，只是不知道从哪里飞来了一只鹦鹉，还好死不死地停在了我的脑袋上！

我的额头上瞬间冒出几个“井”来。虽然我扮演的是一株植物，但是和真正意义上的植物还是差很远的好吧，这只鹦鹉是喝多了还是近视了，居然停在了我的脑袋上！

我正想伸手把那只鹦鹉赶走，却听见它在我脑袋上欢快地叫起了“傻瓜，傻瓜”。

这只死鸟，停在我的脑袋上，还敢骂我傻瓜？

我快气疯了，伸手就要去扯它，谁知道这笨鸟的反应也不慢，居然抢先一步飞高了，接着，有什么白白绿绿的东西掉在了我的脑门上。

“啊，鹦鹉在她头上拉屎了！”

“好臭呀！”

……

我都还没反应过来自己“中奖”了，大家已经纷纷捏着鼻子离我能有多远就有多远了，反倒是一直看我不顺眼的沈煜夜丢了块帕子给我，一脸嘲讽地道：“白痴！”

沈煜夜话音刚落，那只可恶的鹦鹉居然学着他“白痴白痴”地叫了起来。

我，华丽丽地，怒了。

我要杀了沈煜夜那个浑蛋！还有那只不知道谁养的白痴鸟！

擦干净脑门上的脏东西，我扔掉手帕就朝那只大笨鸟追了过去。死鸟，等我抓住你，看我怎么收拾你！

接下来，话剧社就变成了我和那只鹦鹉的战场。在撞翻了无数道具和几盆盆栽之后，那只大笨鸟终于被我抓住了。

“死鸟，我要杀了你炖汤！”

那只鹦鹉被我抓在手里，只稍微挣扎了几下就放弃了，然后转着它的绿豆眼看着我。

想跟我装可怜？别说门了，我窗户都不给你留！

“我劝你最好还是打消你那可笑的念头。”我正准备拔它几根毛给它一点教训，沈煜夜就朝我泼了一盆冷水，“只只是伊圣昕的宝贝，你要是敢动它一根汗毛，保证你见不到明天的太阳。”

端木流一本正经地摇了摇头：“是今晚的月亮都见不到了。”

权衡利弊，我还是把那只大笨鸟放走了。一个沈煜夜已经够让我头疼的了，要是再惹上伊圣昕，我就别想再有一刻安宁日子了！

那只叫“只只”的笨鸟转着绿豆眼看了看沈煜夜和端木流，然后张嘴叫着“只只，只只”就飞走了。

“矮冬瓜，还愣着做什么，赶紧过来排练！”

“是，社长大人！”

4

小王子一路披荆斩棘，终于找到了传说中的小人国，小人国的臣民告诉他，只要他能吻醒沉睡的蔷薇公主，小人国的魔法就会解除，通往森林外面的路也会再次出现。

《王子与小矮人》的故事剧情终于推进到蔷薇公主出场了，话剧社除了我之外的女生都是一脸的期待和向往，都在幻想着自己的名字能从沈煜夜嘴里念出来，成为他的公主，与他一起过上幸福快乐的日子，虽然这只是在话剧里。

所以，当沈煜夜把那套为蔷薇公主准备的衣服扔到我头上的时候，我整个人都懵了。

天哪，难道沈煜夜抽中了我来演公主？可是我在话剧社的地位不过是个小杂役，最重要的是，我根本没有写自己的名字放进签筒里……

啊，我知道了！反应过来的我抬手拍了一下脑门：一定是这件衣服哪里破了，沈煜夜扔给我是要我赶紧缝补好！

“社长大人，你放心，我一定会把戏服补好的，你赶紧宣布抽中了谁来演公主吧！”撇清嫌疑之后我便把衣服从脑袋上拿了下来，朝我在话剧社专属的小角落跑去，先前锁定我的敌视目光也逐渐从我身上移开了。

“回来！”沈煜夜似乎心情还不错，只是哼哼了两声，“我有说过戏服破了要你补吗？”

“啊？”这一下我真的茫然了，“那你把戏服扔给我做什么？”不会是我演公主，戏服又没有破，他还扔给我，难道只是单纯地想找我的麻烦吗？这个可恶的家伙！

“当然是因为阿夜抽中了你演公主啊！”

一旁的端木流冷不丁地冒出这句话来。我一个踉跄差点栽倒。什么？沈煜夜抽中了我演公主？开什么宇宙玩笑！

“哈，哈哈，哈哈哈……”我抱着戏服笑得跟抽风了似的，“端木学长，你真是会活跃气氛，不过这个笑话一点也不好笑！”

“谁有心情跟你开玩笑！”沈煜夜暗骂一声，眉头皱得都快能夹死苍蝇了，“浑蛋，到底是谁把你这个倒霉的矮冬瓜的名字混进签筒去的？”

沈煜夜的话让我瞬间成了整个话剧社的焦点，期待扮演公主的女孩子们的眼神恨不得把我削成肉片剁成肉泥。

吞了吞口水，我怯怯地辩驳道：“不是我……”

“知道。”沈煜夜已经处在暴走的边缘了，“真是活见鬼了！”

“冷静，阿夜。”端木流拍了拍沈煜夜的肩膀，表情怎么看怎么幸灾乐祸，“天意如此，你就不要再纠结过程了，赶紧排练吧。”

“天意？”沈煜夜几步走过来，不经我同意就捏住了我的下巴，让我的脸朝向端木流，“看看这张倒霉的脸，换作是你，你能亲得下去？”

“谁、谁要你亲啊！”我的脸瞬间像被番茄砸中了一样，红了个彻彻底底。不是演戏吗，就算接吻不是也可以借位的吗，那还说什么亲不亲的！

“闭嘴！”沈煜夜一点也不客气地朝我吼，声音大得震得我的耳膜嗡嗡作响，“你以为我想？”

既然大家都不愿意，我举起手发表了自己的意见：“社长大人，不如再抽一次？”

“我可不想再一次抽到你这朵狗尾巴花。”沈煜夜抬手揉了揉太阳穴，然后一脸嫌弃地看了看我，最终不抱任何希望地指了指试衣间，“去换衣服，动作快点！”

我撇了撇嘴，然后在一众女生恨不得将我拖出去狠揍一顿的眼神中走进了试衣间。

虽然只是临时赶制的戏服，但是作为主角之一的蔷薇公主的衣服，无论是质量、做工还是样式均属上乘，穿在身上让我瞬间有了一种自己真的成了童话里的公主的错觉。

走出试衣间的时候，我看到女生们嫉妒得红了眼，端木流笑得有些神秘莫测，沈煜夜则是愣了一下，接着又恢复了他那不耐烦的神情：“速度快点，开始排练了！”

我提着裙摆向沈煜夜走过去，一旁的端木流不知道从哪里变出了一支蔷薇花，绅士味十足地朝我递了过来：“这是你的，可爱的公主。”

我朝他回了一礼道：“谢谢你，帅气的王子哥哥。”

我跟着端木流一唱一和，沈煜夜则是心有余悸地看着我手中的花，我甚至还看见他的眼皮微微跳动了几下。

我赶紧检查了一下手中的蔷薇花，确定上面所有的刺都被拔光了，这才放下了心。开学典礼扎伤沈煜夜的那一幕我到现在还记忆犹新，因为他那张满是血的脸常常出现在我的噩梦中，同样的事情要是再发生一次，沈煜夜非把我给活剥了不可！

按照剧本，我躺在了那张架得高高的、铺满了花瓣的床上。真的全部都是新鲜的花瓣哦，还是我亲手撕下来的，因为知道沈煜夜花粉过敏，所以最靠近花蕊的那一层都是丢掉了的。

我手捧着蔷薇花躺在花瓣床上，沈煜夜则按照剧本历经千辛万苦爬了上来，然后，关键的一幕就要到来了，王子要吻醒公主了！

因为闭着眼睛，感官比平时更加敏锐。沈煜夜的脸一点一点朝我靠近，我能感觉到他的呼吸都喷在了我的脸上，一时间心跳如擂鼓，鼻子禁不住有些发痒，在他就要靠过来的一瞬，我实在忍不住打了个喷嚏。

"阿嚏！"

"浑蛋，你居然朝我喷鼻涕？"沈煜夜终于被我刺激到暴走了，二话不说就伸手过来掐我的脖子，"你这朵该死的狗尾巴花，我对你已经忍无可忍了！"

"放、放手……"这个家伙，他想杀了我吗？居然使这么大的力气！

我、我要喘不过气了……

"阿夜，有话好好说！"一直在旁边看戏的端木流见沈煜夜居然真的对我动手了，赶紧跑来劝阻他，"快松手，你这样会伤到她的！"

"真该死！"沈煜夜低咒一声，掐着我脖子的手松开了，终于能够自由呼吸的我赶紧大口大口地呼吸着新鲜空气。

好险好险，差点就要被沈煜夜公报私仇，和这个美丽的世界说再见了！

"重来！"沈煜夜说着咬牙切齿地靠近我，"该死的矮冬瓜，再敢朝我喷鼻涕，我一定把你从这里扔下去！"

我"咕咚"咽了口口水。沈煜夜这个家伙绝对是恶魔！太可怕了，真的太可怕了！

这一次，我老老实实地躺在花瓣床上，一动也不动，就算沈煜夜的鼻尖已经挨着我的鼻尖了，我仍旧没有动一下，就怕一不小心招惹到这个恶魔！

“好了，你可以起来了。”沈煜夜的声音很低，因为靠得很近，他说话时候的呼吸都喷在了我的脸上，有一股淡淡的薄荷味道。沈煜夜从没用这么轻柔的语气跟我讲过话，一时间我竟感觉气氛有一丝暧昧。

“别装死，快起来，别以为我会真的吻你！”

我脑中的画面跳转，恶魔拿着钢叉挥舞，所有暧昧的粉色泡泡全部被戳破。

这个自恋的家伙，说得好像我很想被他吻一样！

我想也不想就坐了起来，脑袋略带报复性地撞在了沈煜夜脑袋上，只是我完全忘记了自己现在处在高空，沈煜夜更是踩着梯子处在半空中。根本没料到我会撞到他的沈煜夜整个人立刻向后一仰，眼看就要摔下去了。

幸亏我反应够快，只是愣了一下便伸手过去一把抓住了沈煜夜，可是细胳膊细腿的我的这点力气根本不够看，不仅没有拉住沈煜夜，反倒被他带得跟着向下摔。

梯子虽然搭得不高，但是就这么摔下去，不残废也肯定会骨折了……

身体在半空中急速下坠，我视死如归地闭上了眼睛，只一秒钟都不到的时间我却觉得仿佛过了一个世纪那么久，甚至还听见了风在耳畔呼啸的声音，然后，我似乎听见了一声闷哼……奇怪，怎么不痛？而且，话剧社的地板什么时候变得这么温暖又有弹性了？

睁开眼睛，将身体稍微撑起来了一点，我这才发现自己竟然被沈煜夜护在怀里，难怪掉下来都不痛，原来是有他给我垫背！

我愣愣地看着沈煜夜，因为距离很近，我看见他的皮肤光滑得看不到一丝瑕疵，眼睛相当漂亮，睫毛浓密卷翘，像把小扇子一样……

“矮冬瓜，你可以从我身上起来了吗？”他说话似乎有些费力，半晌后才一字一顿地吐出句话来。

“啊？哦，对不起，对不起！”我赶紧从他身上爬起来，“你怎么样，没事吧？”

“没事？你倒是来试试被一只猪压在身上看看是什么滋味！”沈煜夜从地上坐起来，才动了一下胳膊，眉头就皱成了一个“川”字。

“阿夜，你怎么样？”端木流几步跑过来，一脸的担忧。

“好像断了。”指了指自己的左胳膊，沈煜夜转头看向我，眼里的温度低得能把人冻成冰块，“矮冬瓜，你死定了！”

端木流看了看我，叹息了一身，然后将沈煜夜扶了起来：“我先送你去医院。”

端木流和沈煜夜一走，话剧社立刻乱成了一锅粥，沈煜夜的拥护者们恨不得将我千刀万剐，但现在沈煜夜受伤了，谁都想抢在最前面送上关怀和慰问，于是谁也没顾得上我，一窝蜂跑出了话剧社。

我一屁股坐在了地板上，像是全身的力气都被抽走了一样，耳边则不断地回响沈煜夜最后跟我说的那句话。

矮冬瓜，你死定了！

能接二连三地把沈煜夜“送进”医院，大概也就只有我这么一朵奇葩了，所以，这一回，我想，我大概是真的死定了……

05 第五章

竹马归来

1

沈煜夜左臂骨折的消息很快传遍了星辉学园，只要是星辉在校的学生，都知道星辉有一朵奇葩名叫“李茉莉”——之前因为学习成绩倒数第一想不开跳楼，还好及时被看上去脾气很不好实则相当热心肠的“焰王子”沈煜夜救下，没几天就又活蹦乱跳的了；之后不知道用了什么手段混进了沈煜夜的话剧社，还争取到了演女主角的机会，却又故技重施从高处摔下来，还压断了焰王子的胳膊。

上帝做证，我真的比窦娥还冤！之前那次，明明是沈煜夜公报私仇害我从楼上掉下去，他会跟着跳下来，说不定只是怕我断胳膊断腿之后会让他负责；这一次明明是我好心，看他要掉下去了想拉他一把，结果反倒被他给拽下去了。

得知了事情经过的伊小贝只是沉默了一会儿，然后叹叹气拍拍我的肩膀道：“天将降大任于斯人也，必先苦其心志，劳其筋骨……”

“谁是李茉莉？”伊小贝话还没说完，就被教室门口传来的中气十足的吼声给打断了，原本喧闹如菜市场一般的教室瞬间安静了下来，所有人都不约而同地把目光射向了我。

我抬起脑袋望向声源处，只见教室门口站着一个块头至少是我两倍大的三年级女生，禁不住吞了吞口水。我现在往桌子底下躲还来不来得及？

那个身材壮硕的学姐领着一票个头仅次于她的人，一脸杀气地朝我坐的位子走来，我只觉得她每走一步，教室都要震两震。

识时务者为俊杰，我硬着头皮站起来，磕磕巴巴地道：“是、是我，请问，有事吗？”

“你居然把我们最尊贵的王子殿下的胳膊给压断了，简直不可原谅！”说着她一巴掌拍在我的课桌上，震得桌上的书本跟着跳动了两下，我的小心肝也跟着颤了两颤。

我还没有缓过神来，壮硕学姐身后的跟班又整齐嘹亮地冲我吼道：“不可原谅！”震得我的耳膜嗡嗡作响，像有无数只小蜜蜂飞进我的耳朵里。

“而你，这朵该死的茉莉花！”壮硕学姐瞪着绿豆眼冲我咆哮，喷了我一脸的唾沫星子，然后伸出她那又肥又短的手一把捏住我的下巴，也不管自己是不是有口臭就朝我凑了过来，“居然连一丝忏悔之意都没有，还悠闲地坐在教室里面，简直不可原谅！”

话音刚落，壮硕学姐身后的跟班再一次整齐嘹亮地道：“不可原谅！”

我的耳朵啊……这群人是复读机吗？

见我半天没有反应，壮硕学姐有些抓狂地按住我的肩膀，并且前后不停地摇晃：“你就不能给我点正常人该有的反应吗？”

我被她摇得晕乎乎的：“你想要什么反应？”

“当然是去道歉，直到焰王子愿意原谅你愚蠢的行为，否则你就是星辉学园所有女生的公敌！”

话音刚落，壮硕学姐身后那群跟班跟着道：“所有女生的公敌！”

“我……不要！”我跟沈煜夜是旧恨未了又添新仇，要他原谅我，难度不比我单手提起面前这位壮硕学姐小。

“什么？你居然还敢拒绝？”壮硕学姐的绿豆眼瞬间睁大成了黄豆，按住我肩膀的手改为拽我衣襟，只稍稍一用力，我的脚后跟就离开地面了，“你是不想混下去了吗？”

被喷了一脸唾沫星子的我抬手擦了擦脸，把求助的目光投向了一旁的伊小贝。

伊小贝啊伊小贝，你可是学生会会长的亲妹妹啊，能救我的只有你了！

收到我的求救信号之后，伊小贝霍地从座位上站了起来，张开嘴刚想说些什么，拽着我衣襟的壮硕学姐立马一记眼刀飞了过去，胆子比老鼠还小的伊小贝吞了吞口水便又坐回了座位上，趴在课桌上装鸵鸟，再不敢瞄向我。

伊小贝你这个不靠谱的家伙！

“现在，我给你两个选择。”壮硕学姐说着伸出一根手指头指着我的鼻子，“一，去跟焰王子道歉直到取得他的原谅；二，单挑，只要你能赢我们中的任何一个，我保证以后在星辉没有任何人敢找你的麻烦。”

我的额头上立马沁出了一层冷汗来。单挑？我恐怕连百分之零点一的胜算都没有，她们随便来一个都能把我揍成猪头！

吞了吞口水，我小心翼翼地开口问道：“可不可以有第三种选择？”

“当然有。只要你愿意给我们做沙包，直到我们扁到再也不想扁为止。”说完，壮硕学姐便哈哈大笑起来，身上的肉也跟着一颤一颤的。

我晕！这和单挑有什么区别！

思前想后，我还是觉得去跟沈煜夜道歉最安全，因为他只有两只手……不对不对，他的胳膊被我压断了一只，就算揍我也只能用一只手，而壮硕学姐这边至少有十个人二十只手，这样一对比，明显是被沈煜夜揍划算得多！

“想好了没有？是不是决定要给我们做沙包？”

“我去道歉！”我赶紧回答，生怕她们的拳头下一秒就招呼到我身上来了。

壮硕学姐满意地拍了拍我的脑袋："这才乖。"然后揪着我的衣领就往教室外走。

"学、学姐，您要带我去哪儿？"还有，能松开我的衣襟了吗？星辉的校服很贵啦，要是弄坏了，回去会被妈妈骂的！

"你不是选了去跟焰王子道歉吗？"

"可、可是……"马上就要上课了，无故旷课可是要扣平时分的！

"哦，原来你改变主意想要做沙包了，很好，我现在就可以满足你。"

我立刻抱住脑袋蹲下去："没、没有！"

"那就识相点，给我闭嘴！"

十分钟后，壮硕学姐带着我站在了花店里。

我一脸惊恐地看着她："学、学姐，您带我来这儿做什么？"

"你难道打算空手去道歉？"壮硕学姐……哦不，我在路上已经知道她姓甄名小小了，甄学姐毫不留情地一巴掌拍在我脑袋上，"你难道连带花去看望病人是最基本的常识都不知道吗？"

"可是，可是沈……焰王子他花粉过敏！"一想到沈煜夜上次因为花粉过敏全身起红疹的可怕模样，我就忍不住打了一个寒战。

"焰王子完美得无懈可击，会有你说的那么脆弱？"甄学姐白了我一眼，然后对花店老板道，"给我一束蓝色妖姬。喂，茉莉花，快付钱！"

明明是自己想送花，却要我掏钱，这根本就是强盗行为嘛……

我一脸心疼地把零用钱贡献了出来，想象着一会儿沈煜夜看见我抱着花去医院道歉，会是怎样一副惊悚的表情，一张脸都快愁成苦瓜了。

甄学姐，你确定你不是来"拉仇恨"的？

2

半个小时以后，我和壮硕的甄学姐站在了沈煜夜的病房门口，却被几个护士挡住了路。

“好帅啊，好想去跟他说说话……”护士一号眼睛眨也不眨地看着病房里的沈煜夜，就差没把眼珠子粘在他身上了。

“不怕死你就去吧，可别忘了刚才那个小妹出来的时候哭得有多惨！”

护士们堵在门口讨论着病房里的沈煜夜，根本没人注意到站在走廊上的我和甄学姐。

“拿好。”甄学姐把蓝色妖姬塞在我手上，走上前去像提小鸡一样，一手一个把那些护士都提到了一旁，然后扭过头示意我赶紧进去。

我做了好几次深呼吸，然后视死如归地捧着花走进了沈煜夜的病房。

我知道沈煜夜视我如瘟神，所以进去的时候还是象征性地敲了敲门，给他，也是给我自己一点缓冲的时间。

“滚！”话音刚落，一个枕头就朝我飞了过来，“没听见我说不许再来了吗？”

我抬起手擦了擦额头上的汗，心想还好他面前只有枕头可以扔，要是扔个花瓶之类的东西过来，估计我就立马躺医院里了。

“那个，学长，我是李茉莉，我……”

“你这个该死的倒霉星来的矮冬瓜，谁准你来的？”我话还没说完，沈煜夜立刻变身暴龙兽，嘴巴里几乎能喷出火来。

“这个……那个……”其实我真的一点也不想来的，但是如果把甄学姐供出来转移仇恨，说不定我立刻就会变成沙包，相比较而言，雷声大雨点小的沈煜夜就显得可爱多了。

“你给我离开这里，立刻！马上！现在！”

沈煜夜的咆哮声几乎要把天花板震穿，我揉了揉发疼的耳朵，转头看向还站在门外的甄学姐，一脸的无奈。看吧，他根本连道歉的机会都不给我。

“废话那么多！”甄学姐说着一把把我推进了病房，然后故作娇羞地对沈煜夜道，“沈学弟，这朵茉莉花害你手臂骨折，实在是不可原谅，所以，在全体星辉女生的支持下，我带她来跟你道歉了。从这一刻起，只要你愿意，随便怎么奴役她怎么折磨她都行，直到你肯原谅她愚蠢的行为为止！”

“学长，我真的真的是很诚心地来道歉的。”我趁沈煜夜不注意的时候使劲在自己大腿上拧了一把，立马泪花闪闪我见犹怜，“请您大人不计小人过，原谅我的无知和愚蠢吧！”

“要我原谅你？”沈煜夜突然朝我笑得无比温柔无比亲切，在我以为他就要说出“好”这个字的时候，一瓢冷水朝我兜头泼下，“做梦！”

我咬着牙看着沈煜夜，在心里一遍又一遍地说：沈煜夜，是你逼我的……

“学长，您真的不肯原谅我吗？真的真的不肯原谅我吗……”我一边说一边泫然欲泣地捧着那束娇艳欲滴的蓝色妖姬朝沈煜夜走近，“虽然没办法取得您的原谅，但这是我的一点小小的心意，还请您一定不要拒绝。”

“李、茉、莉！”我手中那一束鲜花距离沈煜夜的脸已经只有不到半米的距离了，我看见沈煜夜整个人已经僵到不行，脸上的表情就像是见鬼了一样，“你敢威胁我？”

“学长您在说什么，我听不懂。”我继续朝他走近，距离一下子缩短到只有不到二十公分，“这点小小的心意，学长您可千万不要拒绝哦！”

“这还是我特地带她去花店买的呢！”甄学姐适时地煽风点火顺带邀功，“这个抠门的家伙居然想空手来看望病人，还骗我说学弟你花粉过敏，真是不可原谅！”

沈煜夜咬牙切齿地看了看我，又看了看一脸娇羞的甄小小学姐，脸色立马黑得像是抹了厚厚一层锅底灰。

看来我猜得没错，星辉学园的女生都不知道沈煜夜对花粉过敏。哼哼，焰王子，为了你的脸和你在女生们心目中的完美形象，有本事你就拒绝我！

“李茉莉，我警告你，把那玩意儿给我扔远一点！”沈煜夜极力压低自己的声音，眼睛里几乎要喷出火来，“否则，你知道后果的！”

“咦，学长您刚说什么？声音太小了我听不清楚。”沈煜夜的脸已经有泛红的迹象了，我见好就收，把花拿得离他稍微远了一些，“您是说要我放下花走人吗？”

“我说，我、原、谅、你、了。”沈煜夜咬牙切齿一字一顿，似是恨不得把我撕碎了吞进肚子里。

“学长，您说真的吗？真的就这样原谅我了？”我故作惊讶，看了看他，又转头看了看吃惊不已的甄学姐，抱着花离他又远了一大步。

“是，我原谅你了。”沈煜夜弯起嘴角，只是脸上那僵硬的表情怎么看都不像是笑容，“所以，现在可以请你带着那些植物离开这里了吗？”

“学长您真是好人！”我做出一副感动得热泪盈眶的模样，“是吧，学姐？”

甄小小大概还没回过神来，看了看额头上已经有青筋暴出来的沈煜夜，又看了看捧着花的我，干巴巴地笑道：“是，是啊，学弟你真是大度。”

“学姐，我们已经打扰沈学长很长时间了，该回学校了。”不顾沈煜夜那想要把我生吞活剥的恐怖眼神，我拉着甄小小就往病房外走，“学长，你好好休息，早日康复，我们都在等你回来！”说完，我还伸出拳头做了个加油的手势。

“真是谢谢学妹了。”沈煜夜几乎是从牙缝里挤出这几个字来，要不是他胳膊有伤，要不是我手上还捧着花，说不定他早就忍不住暴揍我了，“好走不送！”

我回了他一个灿烂到不行的笑脸，然后关上病房的门，接着脚一软坐在了走廊上。伸手抹了一下额头，全是虚汗。

呼，刚才真是太险了！我就是赌一下沈煜夜是更在乎他的脸和他的王子形象，还是更想要揍我一顿以泄心头之愤，没想到真给我押对了！真是不幸之中的万幸！

四肢发达头脑简单的甄小小怎么也想不通，为什么沈煜夜这么容易就原谅我了，要知道，他的脾气和睚眦必报的性格可是星辉所有人都有目共睹的！

“喂，呆花，你到底是用了什么办法让焰王子原谅你的？”

“你让我送的花啊！”虽然沈煜夜并没有真心原谅我，甚至对我的仇恨值又攀上了一个新的高度，不过没关系，至少星辉的女生们不会再因为这件事找我的麻烦了，“学姐，拉我一下好不好，我起不来了。”

“你不是长了脚吗？”

“可是我脚软。”

“那就自己爬回去。”

……

3

沈煜夜很快就出院了，出乎我意料的是，他居然没有第一时间就来找我算账，这反常的行为并没有让我变得轻松，反倒让我绷紧了神经，终日提心吊胆忐忑不安，就怕他老人家哪天心情不好跑来找我做出气筒。

让我想不通的是，一直到月考结束，沈煜夜都没有主动在我面前出现过。

难道，沈煜夜真的这么君子，一句心不甘情不愿的“原谅”就抛开我们之间的仇恨了？这，不可能吧……该不会，这只是暴风雨前的宁静，他一直不现身只是为了让我放松警惕，然后把我整得更惨？

我使劲拍了一下自己的脑袋，阻止自己往更坏的方向去想。说不定是我以小人之心度沈煜夜的君子之腹了呢，如果真的是这样，那就再好不过了！

时间如同沙漏中的细沙悄悄流逝，不知不觉间我进入星辉学园已经整整一个月了，这也意味着，作为倒数第一被录取进星辉的我的翻身机会到了！

只是，在月考结束拿到成绩单的那一刻，泪流满面的我只想拿头去撞墙。

为什么，为什么我又是倒数第一，一点点进步都没有？对我寄予厚望的爸爸妈妈，还有帅气慈祥的校长，我辜负了你们的期望，我对不起你们，我是罪人，呜呜……

“李茉莉。”我还在默默忏悔，发完成绩单的班主任走过来敲了敲我的课桌，“跟我来一下教务处。”

我“咕咚”咽了口口水：“是，老师。”因为过于激动，起身的时候差点连人带椅子一起摔出去。

才刚发完成绩单，就被班主任请去谈话，地点还是恶名昭著的教务处！完了啦李茉莉，你考倒数第一拖了全班的后腿，还给班主任脸上抹黑，她一定不会给你好果子吃的！

我心里忐忑不安，猜测了无数种可能的惩罚方式，别的倒不担心，大不了就是多抄几遍书，唯一担心的是会让我请家长。爸爸妈妈把那么多的期望都寄托在了我身上，我考出个倒数第一，怎么对得起他们！还有，要是被李茉薇知道了，那我好不容易在家里争取到的地位又要没有了！

“韩校长。”一路沉默着跟着班主任来到了教务处，却见她只是敲了敲教务处的门，“我把李茉莉同学带过来了。”然后冲我使了使眼色，示意我自己进去。

我僵着手脚推开门走进教务处，看见笑容满面的韩校长便手足无措起来。

“校、校长好！”

“小茉莉啊，来，过来坐。”韩校长相当热情地招呼着我，我脑子里却冒出了诸如“笑里藏刀”、“先礼后兵”这样的词来。

“校、校长大人，请问您找我有什么事吗？”您答应过不开除我的！

“之前不是承诺过要给你找个辅导老师嘛，折腾到现在，人选终于决定好了！”

压在我心里的石头终于落下去了。还好还好，只是辅导老师的问题！

我张了张嘴，刚想问校长亲自为我挑选的辅导老师是何许人也，教务处的门就被人敲响了：“校长，您找我？”

一听到这个声音，我立马倒吸了一口气，站起来看着门口：“沈、沈煜夜！”

他怎么也来教务处了？真是冤家路窄！不过……我把视线重新移向坐在一旁喝茶的韩校长，又侧过脑袋瞅了瞅沈煜夜，料定他不敢在校长眼皮子底下整我，便放宽了心。

“你也在？”沈煜夜这一回看到我倒比以往镇定得多，只是意味不明地哼了哼。

哦，我知道了……沈煜夜这个家伙之所以会和我一起被校长叫来教务处，一定是他的成绩跟我一样都是垫底的，说不定校长也给他找了个辅导老师呢！

这个可恶的家伙，明明自己成绩也不好，之前一起迟到的时候还好意思嘲笑我是倒数第一？鄙视，强烈鄙视！

“既然你们认识，那我就不浪费时间为你们做介绍了。沈同学，以后你就是李茉莉同学的辅导老师，要是以后她的成绩还是倒数第一，我可唯你是问！”

受刺激太大，我禁不住一个趔趄。我我我，我没听错吧，沈煜夜要做我的辅导老师？天哪，这这这，这怎么可以！

“校长请放心。”沈煜夜弯起嘴角笑得异常奸诈，“我一定会‘好好帮助’这位倒数第一学妹的。”

沈煜夜来帮助我？那我肯定是万年倒数第一，并且永远都翻不了身！

“校长大人，我有问题！”

这个沈煜夜，他是故意的，一定是故意的！我就说呢，他那么小心眼记仇的人，怎么可能这么久都不见有什么动作，原来是有了更好的计划，以做我辅导老师为名方便自己公报私仇！

“还有什么问题？”

“我嫌弃他！”由于太过激动，我指着沈煜夜的手都在发抖，“校长你看他，目中无人，高傲自大，眼睛都长头顶上去了，还无视校规把头发染得花里胡哨的，一看就是不良少年，学习成绩肯定不怎么样，要是他做我的辅导老师，肯定会教坏我的！”

“呵呵，李茉莉同学，看人可不能只看表面哦，这位沈煜夜同学呢，虽然外表是酷了一点，但绝对是德才兼备的好学生哦，而且他的学习成绩是年级前三，做你的辅导老师绝对没问题的！”

我惊得下巴都要掉地上了。沈煜夜的成绩居然是年级前三？这这这，不太可能吧？

“李茉莉同学现在没什么问题了吧？那这件事就这么定了，你们回教室继续上课吧。”

“那个，校长大人。”我一边龟速朝门口挪动一边怯怯地开口，艰难地做最后的挣扎，“我听说这位学长脾气很不好的，我又这么笨，万一哪天惹他不高兴了，揍我怎么办？”

我话音才刚落下，沈煜夜便接着道：“校长，这位倒数第一学妹是在讲冷笑话呢。”

校长愣了一下，接着便自顾自地笑了起来：“唉，看来是我老了，你们年轻人的世界我是越来越不懂了。”

“那个……”

我还想再说些什么，沈煜夜却露出了恶魔般的笑容对我说道：“走了，倒数第一学妹。”

我打了一个寒战，然后像只壁虎一样整个巴在墙上。我才不要跟这个危险分子一起走，就算要回教室也要等他先走了我再走！

“倒数第一学妹，难道你已经自暴自弃到连课都不想上了？”

“才没有！”我只是不想和你这个不定时炸弹一起走！

“那你还愣在这里？”不知道是不是我纠结的表情取悦了他，沈煜夜笑得很是畅快，“走吧，我们一起回教室，顺便‘好好了解’一下。”说完，沈煜夜提着我的领子就把我带出了教务处，一路拖着我走到一个人迹罕至的小花园才停下。

一股寒意立马从我的脚底一直窜到头顶。沈煜夜这个家伙果然是早就计划好了的，先是装作真的原谅我、不跟我计较了的样子，然后趁我不备对我进行人道主义毁灭！太无耻了，太可恨了！

“倒数第一学妹，我有这么可怕吗？”沈煜夜双手抱胸看着我，一脸的挑衅，“学生会副会长主动给低年级的你补课，你居然是这样的便秘表情？”

“我，我很荣幸……呵，呵呵，呵呵呵……”我一边说一边后退，直到抵到花坛边上退无可退。

“荣幸？”沈煜夜冷笑着走近我，我甚至已经看见了他身后有无数恶魔在朝我张牙舞爪，“你知不知道你现在的表情有多欠揍？”

我吓得一屁股跌坐在花坛上，带着哭腔道：“好男不跟女斗……”

“你这家伙还真是欠揍！”沈煜夜咬牙切齿地看着我，身侧的手握紧了又松开，松开了又握紧，不知道心里在进行怎样的矛盾挣扎。

“那个，学长。”我小心翼翼地咽了咽口水，怯怯地提醒他道，“我们该回去上课了……”

“你这个倒霉星来的家伙，真不知道我对你的耐心到底是从哪里来的！”沈煜夜死死地盯着我的脸，脑袋朝我越凑越近，直到鼻尖和我距离不到两公分，“不过没关系，咱俩的账有的是时间好好算，你就准备好被我奴役吧！

“矮冬瓜，你的好日子，到头了。”

啪——

一道闪电劈下，我看见我头顶那片原本就不算晴朗的天，又黑了一大片。

4

沈煜夜说我的好日子已经到头了，可是直到周末也没见他有什么行动。

难道这就是他奴役我的方式——精神折磨？

好不容易挨到周末，我以为终于可以睡个懒觉让自己放松一下，谁知道好梦正酣的时候手机铃声却欢快地响了起来。

“茉莉宝贝，接电话啦，茉莉宝贝，接电话啦……”

李茉薇那个浑蛋，又趁我睡着的时候把我的手机铃声换成她的录音了！受不了那甜死人不偿命的声音，我一把抓过手机按下了接听键。

“你好，请问是哪位？”奇怪，居然是个陌生号码，谁大清早的打电话给我呀？

“矮冬瓜，起床了没？”

“什么矮冬瓜，我叫李茉莉，李茉莉！”怎么会有这么没有礼貌的人，开口就叫别人“矮冬瓜”，“你的思想品德是体育老师教的吗？”

“该死的，你那是什么态度？”电话另一头的人瞬间炸毛，懒洋洋的声音一下子就变得精神了，“你就这么想继续做倒数第一吗？”

中气十足的吼声震得我瞬间清醒过来。沈煜夜，对方居然是沈煜夜！他是怎么知道我手机号的？

不对不对，我现在最需要知道的是他打电话给我到底想干吗！

“亲爱的可爱的人见人爱的沈学长，请问您这么早给我打电话有何贵干？”

沈煜夜倒也没跟我拐弯抹角，直接就说出了他的目的：“去虹苑路陈记包子铺买一笼包子，我在世纪广场的音乐喷泉等你。”

“凭什么？”敢情这位大少爷把我当成他家的女佣使唤了？而且虹苑路在城南，世纪广场在城北，他是故意找我麻烦的吧！

“就凭我现在是你的辅导老师，尊师重道，你必须听我的……”

“我、拒、绝！”不等沈煜夜说完我便挂断了电话。想用辅导老师的身份来压我？别说门了，我窗户都不给你留！

半分钟不到，手机铃声又欢快地响起来了，我不理它，它就响了足足三分钟。受不了李茉薇那矫揉造作的声音，我拿起手机就要挂断，但是转念一想，挂了沈煜夜的电话，我现在是威风了，但是到学校之后呢？指不定他会怎么修理我呢！

权衡利弊，我还是按了接听键，然后把手机拿开到距离我的耳朵至少半米远的地方。

“浑蛋，你这个发育不良的矮冬瓜居然敢挂我电话？想想你那倒数第一的成绩吧，我只给你二十分钟时间，你敢不来试试看！”

接着便是“嘟嘟”的忙音，沈煜夜丝毫说话的机会也没留给我。

犹豫再三，我还是屈服在了沈煜夜的淫威之下，毕竟从开学到现在，每一次他倒霉进医院都是我间接造成的，他会看我不爽也是理所应当的事，而他除了害我从楼上掉下去成了星辉名人，倒也没对我造成别的什么实质性的伤害。再说了，不过是一笼包子，就当是给他赔礼道歉好了！

等我买好包子赶到世纪广场，却见沈煜夜牵着一条萨摩耶在那儿悠闲地看风景。

“十九分三十秒。”沈煜夜按了一下手里的计时器，表情颇不爽，“你时间掐得还真准。”

我在心里把他从头到脚鄙视了一遍。无耻，居然还带计时器！

“喏，陈记包子铺的包子。”不愧是百年老店，我在路上偷吃了一个，现在想到那滋味还流口水呢！

“把包子喂给卜噜吃。”

“什么？”我愣了一下，半晌没有反应过来。

沈煜夜却弯着腰拍了拍那只萨摩耶的脑袋道：“卜噜已经饿了一早上了，就等着你送东西来给它吃。”

我握拳咬牙，忍了又忍才没有把热乎乎的、香气袭人的包子拍到沈煜夜脸上。

这个浑蛋，大清早打电话要我买包子，还指明要陈记包子铺的，天知道他们家生意有多好！我怕他吃不上包子会找我麻烦，所以冒着被人扔臭鸡蛋和烂菜叶的危险，插队买了一笼包子打车赶过来，而他，居然要我拿去喂狗？

“还愣着干吗？包子冷了卜噜就不吃了，难道你想再回去买？”

我忍，我再忍，我忍成忍者神龟！

我一边拆袋子一边恶狠狠地看着沈煜夜的那只狗，在心里把它和沈煜夜骂了个狗血淋头。不过那只狗丝毫不理会我怨毒的目光，只是吐着舌头盯着我……手里装包子的包装袋。

我脑子里突然冒出一个邪恶的想法。都说肉包子打狗有去无回，如果我“不小心”把包子扔沈煜夜身上了呢?

我捏着一个包子叫了声“卜噜”，还没来得及把包子扔出去，就看见那只长着白毛的生物以迅雷不及掩耳之势朝我扑了过来，于是，我躺在地上成了垫背的，而在我上方的，是一只白色的萨摩耶。

哇啊啊啊，我要抓狂了，我居然被一只狗给扑倒了！传出去我还要不要做人了？

我拼命想爬起来，奈何那只体形庞大的萨摩耶两只前爪都踩在我胸口，全然不顾我的狼狈，一脸惬意地啃着散落在我耳畔的包子，末了还在我脸上狠狠舔了几口。

我完全傻了，这只狗到底知不知道自己在做什么？而我居然，被一只狗占了便宜……

“矮冬瓜，你这是什么表情？”看我躺在地上一脸的绝望，沈煜夜十分不厚道地走过来踢了踢我，“能被卜噜喜欢是你的荣幸，一般人它才懒得理呢！”

我像打了鸡血一般，从地上爬起来一脚朝沈煜夜踹了过去，一脚不过瘾，又踹第二脚。浑蛋，谁要被一只狗喜欢啊!

沈煜夜自然不可能乖乖地站着让我踹，三两下就制住了我：“你又在发什么神经？”

我只是冲他吼：“欺负我就那么好玩吗？”居然还带着狗一起，简直不可原谅!

没想到沈煜夜居然很大方地承认了："当然。"

"为什么？"以他的性格，就该给我个痛快一次性了断我们之间的恩怨，这样纠缠不休到底算什么？

"因为你是倒霉星来的笨蛋！"

这算什么烂理由啊！

听了沈煜夜的话，我已经不知道该哭还是该笑了，正打算跟他道声"再见"转身回家，就听见身后传来一道不太确定的喊声："莉莉？"

莉莉？我心里一震，这个称呼好熟悉！

我转过头看向来人，正好对上一张棱角分明、英俊得让人窒息的脸庞：皮肤白皙，睫毛像黑羽扇一般又长又翘，狭长的眉眼含着浅浅的笑意，鼻梁高挺，嘴唇微翘……好帅的人！而且，好眼熟！

"莉莉，是你吗？"

"祁炎哥！"我几乎是脱口而出，因为会用"莉莉"称呼我的人永远只有一个。

"看来我没认错人。"那位很帅的帅哥说着便上前给了我一个拥抱，"好久不见了，莉莉。"

"是啊，好几年没见了呢。"祁炎的出现让我先前的郁闷一扫而光，久别重逢的喜悦彻底让我忘记了旁边的一人一狗，"你们不是举家搬去了瑞安市吗？这次是一个人回来还是都回来了？打算住多久？还会不会走？"

"莉莉，你能一次只问一个问题吗？"祁炎依旧笑着，只是表情颇为无奈，"你连珠炮似的发问，让我怎么回答？"

"我是太久没见到你了，高兴嘛！"说完还冲他吐了吐舌头。

"你呀，还是这样，一点都没变！"祁炎伸手点了下我的鼻子，之后才注意到旁边脸色黑得像是抹了锅底灰的沈煜夜，“莉莉，他是……”

“是我们学校的，恰巧在这里遇到了而已。我跟他不熟的，一点都不熟，真的！”生怕祁炎误会我和沈煜夜的关系，我赶紧撇清，“祁炎哥，你拖着行李肯定是才回来吧，你家的房子虽然还在，不过一直没人打扫，肯定没法住人的，不如去我家住吧，我爸妈从以前就喜欢你比喜欢我和李茉薇多，他们要是知道你回来了，肯定热烈欢迎的！”

一直仰慕的邻家哥哥又回来了，我一下子就变成了话痨，开心得恨不能放鞭炮庆祝！

已经被我忽略成透明人的沈煜夜终于忍不住开口强调自己的存在：“李、茉、莉！”

虽然我听出了他语气里的不爽，但是有祁炎在，我哪里还顾得上他。

“抱歉，沈大少，我现在很忙，没空陪你玩。”说罢便挽着祁炎的胳膊，冲沈煜夜露出一个自认为颠倒众生的笑容来，“再见啦！”

“该死的，谁允许你就这么离开的？”气急败坏的沈煜夜牵着他的萨摩耶在原地咬牙切齿，却又实在找不到非让我留下的理由，只能看着我和祁炎消失在他的视野里，“浑蛋！”

06
第六章
王子是女仆控

1

祁炎是我和李茉薇青梅竹马的邻居，人长得帅，脑子又聪明，性格也超级好，简直就是白马王子范本，对我和李茉薇更是好得没话说，就算我们要天上的星星，估计他也会想办法弄下来给我们。所以，从懂事起，祁炎就是我的偶像，是指引我前进的路标，是照亮我人生的灯塔……他是那种就算把世间所有美好的词语堆砌在一起都不够形容他的好的人，也是我心中最特别的存在。

我从小就黏祁炎，他走到哪儿我跟到哪儿，就像个小尾巴，稍微长大一点懂得男女之别后仍旧黏他，以至于他后来一脸无奈地问我："莉莉，是不是以后我娶媳妇了你也要这么跟着我呀？"

我只是眨巴着眼睛，一脸天真地看着他道："你娶我就行了。"

祁炎哭笑不得，却并没有因此对我有半点疏远，仍旧对我像亲妹妹一样好，直到两年前他们举家搬去瑞安市。

祁炎走的那天，我躲在被窝里哭了整整一晚上，眼睛都肿成了水蜜桃，反观李茉薇倒是相当神清气爽，一脸"终于把祁炎这个瘟神送走了"的表情。

直到现在我都不能理解，为什么李茉薇对祁炎的态度转变那么大，明明小的时候也是一口一个"祁炎哥"甜甜地叫着的，怎么长大了就跟他势同水火了？

不过，不管怎么说，祁炎哥回来了，再没有比这更让人开心的事了！

“李茉薇，猜猜谁来了？”

“李茉莉，说过多少次了，要叫姐！”李茉薇盘腿坐在沙发上看《人与自然》，看都懒得看我一眼，“没大没小！”

“一点都不配合，真扫兴！”我一脸无奈地摇了摇头，然后招呼祁炎进屋，“本来还想给你个惊喜呢！”

李茉薇只是轻嗤道：“惊喜？别成惊吓就行了。”

“李茉薇，你嘴巴还能再坏一点吗？”真不知道我怎么会有个这么没有姐妹爱的姐姐！

换好鞋子之后，我向身旁的人笑得像裹了蜜糖一样甜：“祁炎哥，我帮你把行李拿进去！”

我话音刚落，便听见“啪嗒”一声，抬起头见是李茉薇手里的遥控器掉到了地板上，接着她像个机器人一样动作僵硬地转过头来看向门口，在看到祁炎的时候表情瞬间僵住，然后龟裂，接着碎裂开来……半晌后她才瞪大眼睛问道：“祁、祁炎？”

祁炎笑着冲她点了点头：“好久不见了，薇薇。”

“嘿嘿，惊喜吧，李茉薇！”

“惊喜？惊吓还差不多！”李茉薇冲我翻了个白眼，然后略带着些不确信问道，“真的是祁炎那个浑蛋回来了？”

“是我，薇薇。”迎着李茉薇的注视，祁炎的嘴角上扬成美好的弧度，眼睛里也闪着细碎的光，“不来个久别重逢的拥抱吗？”

李茉薇二话不说就把抱枕扔了过来："谁要跟你拥抱啊，死变态！"之后一脸不爽地问道，"你们不是全家搬去瑞安市了吗？又回来干吗？"

"当然是想你……和莉莉，所以回来看看你们。"

"谁信你啊！"

李茉莉说着又捡起一个抱枕朝祁炎砸了过来。

我实在看不下去了，捡起抱枕就朝李茉薇扔了回去："喂，李茉薇，你不要太过分了哦！"

"大人说话，小孩子少插嘴！"李茉薇白了我一眼，然后恶狠狠地看向仍旧一脸微笑的祁炎，"老实交代，你到底回来做什么？要待多久？"那语气，那态度，就跟审问犯人似的！

亏得对方是脾气好性格好的祁炎，不但不介意李茉薇的态度，还一一为她解答疑惑："做交换生，半年。"

"交换生？"我和李茉薇异口同声地说道，然后李茉薇又用她那审犯人一样的语气问道，"哪个学校？几年级几班？"

"喂，李茉薇，你够了吧！"怎么说祁炎哥也是客人，有这么对待客人的主人吗，"祁炎哥，你别理她！"

"没事的，莉莉。"祁炎拍了拍我的脑袋，然后为李茉薇解答疑惑，"星辉学园，三年级A班。"

"星辉？"这下子轮到我激动了，"祁炎哥你确定是星辉不是月辉？"

"百分之百确定，是星辉，和莉莉你一个学校哦！"

"万岁！"祁炎居然要跟我一个学校，我真是太高兴了，"祁炎哥你好厉害！"

祁炎冲我笑了笑，接着又把目光移向李茉薇道：“还有什么想要了解的吗？我一定知无不言言无不尽。”

祁炎太过合作，李茉薇也挑不出什么毛病，只得摆了摆手道：“暂时就这些了，其他的……等我想到再说！”

“还有什么好说的啊！”祁炎哥人那么好，真不知道李茉薇怎么会对他有那么大的意见，“李茉薇，过来帮忙把祁炎哥的行李搬进去！”

“什么，行李？”刚刚才顺好毛的李茉薇又炸毛了，“喂，死变态，别告诉我你这半年都要住在我家！”

“李茉薇！”真是受不了她了，我怎么会有这样的姐姐！“祁炎哥，你别理她，她今天吃错药了！”

“只是借住几天而已，等我那边打扫好了就搬过去。”顿了顿，祁炎又低着头补充道，“不会很久的。”

“祁炎哥你就在我家住着，多久都可以的！”听见祁炎说出“不会很久的”这样好似寄人篱下的话，我急得都要哭出来了，“不要管李茉薇，她刚从精神病院跑出来的！”

“李茉莉，你找死啊！”李茉薇捡起一个抱枕就朝我扔了过来，我反应不及正好被砸中，李茉薇恨铁不成钢地冲我喊道，“笨蛋，你都不会躲的啊！”

“谁要理你啊！”狠狠地瞪了李茉薇一眼，我拿过祁炎的行李就往书房走，“祁炎哥，你的行李我暂时放书房，等客房收拾好了再搬过来，你就安心地在我家住着。我爸妈之前一直念叨你呢，你住下来他们肯定会非常开心的，大不了你就当某人是透明的就行了。”

祁炎转头冲我一笑，眼睛弯成了月牙状：“好的。”

事实证明，我爸妈喜欢祁炎果然多过我和李茉薇，因为他们不仅为他办了个欢迎仪式，还明确表态一定要他住在我家，谁要是敢有异议，就去外面睡大街！

不想睡大街的李茉薇只好把异议压在了心底，然后大半夜跑进我房间把我摇醒，精神百倍地道：“李茉莉，我睡不着，起来跟我聊天。”

我打了个哈欠，一脸不爽地把她踢开：“李茉薇，你发什么神经！这么兴奋，大半夜的不睡觉折腾啥呢？”

“有祁炎在，我怎么睡得着！”话题扯到祁炎身上，李茉薇的话匣子一下子就打开了，像是坏掉的水龙头，怎么也关不住，“李茉莉，你都不知道祁炎那个家伙有多阴险、多腹黑、多卑鄙、多恶劣！你完全被他的外表给欺骗了，你知道吗，其实他……你知不知道他……”

困意阵阵袭来，我根本没听清李茉薇到底说了些什么，就沉沉地睡了过去。

2

“好帅的男孩子呀，完全不会输给四位王子呢，能要到他的手机号就好了！”

“虽然他穿着星辉的校服，但是我猜他一定不是星辉的，否则星辉四王子一定早就变成五王子了！”

“说得有理！呃，我没眼花吧，他怎么会和那个倒数第一的李茉莉走在一起？”

……

和我预想的一样，祁炎一到星辉就成了焦点，凡是我们经过的有女生出入的地方，都能听见手机拍照时“咔嚓咔嚓”的声音，更有甚者还跑过来问祁炎要签名，连我这个之前谈及率几乎要超过星辉四王子的人，站在他旁边都被华丽丽地无视了！再加上祁炎完全没有帅哥的架子，不管那些疯狂的花痴要求签名还是合照，他都来者不拒，以至于越来越多的女生向我们围了过来，很快就造成了交通拥堵。

祁炎忙着应付那些花痴，根本无暇顾及我，体型瘦小的我很快就被人推推搡搡地挤到了外围，声音也被完全压了下去，没一会儿，我已经被挤到了人群最外围，连祁炎的衣角都看不到了，只能在心里默默为祁炎祈祷，希望他最后能全身而退，不过依照目前的形势来看，那几乎是不可能的，这群女妖精个个双眼放着狼光，简直恨不得把祁炎吞吃入腹连渣都不剩，又怎么可能给他全身而退的机会！

祁炎哥，我能力有限救不了你，你……自己多多保重吧！

“倒数第一的矮冬瓜，你不去教室上课，在这里跟着瞎凑什么热闹？”

“啊！”四周都是女生，耳畔却传来一个男声，我被吓得不轻，回过头却见是沈煜夜皱着眉头一脸不爽地看着我，我忍不住冲他翻了个白眼，“你管我！”然后拍了拍胸口给自己压惊。

真是的，他是什么时候冒出来的，还八卦地跟着一起来凑热闹！

“这就是你对辅导老师的态度？”沈煜夜被我激得瞬间炸毛，“浑蛋，你想挨揍吗？”

沈煜夜的声音绝对不算小，再加上说话方式这么嚣张独特，一只手都能数得过来星辉学园里有几个。

离我们最近的女生最先反应过来，看见沈煜夜后禁不住一阵激动，却又碍于他脸上那副“谁敢靠近一步就是找死”的表情，犹豫着要不要上前来搭话，毕竟，她和祁炎中间还隔了那么多人，想要靠近他并不是容易的事，而星辉四王子之一的沈煜夜就近在眼前。

“是焰王子！”

“第一次离星辉的王子这么近，好幸福哦！”

“那位不知名的帅哥一出现，我们的王子也跟着出现，这就是帅哥效应吗？”

……

当然了，沈煜夜是谁？他是星辉学园无人不知无人不晓的“焰王子”，脾气火爆一点就着，希望他和祁炎一样亲民？醒醒，大白天的，别做梦了！

“浑蛋，你们都不去上课围在这里做什么，等着被扣分吗？”

身为学生会副会长的沈煜夜此话一出，女生们立刻如鸟兽散，再不敢在这里多留半分钟，哪怕她们无论是对沈煜夜还是对祁炎都万分不舍。

没一会儿，原先包围着祁炎的女生们就全部散开了。祁炎虽然还保持着一开始那优雅无比的姿态，却也禁不住松了口气。

“祁炎哥，你还好吧？”早就说了你性格太好容易吃亏，这下相信了吧！

“还好。”祁炎心有余悸地点点头，看了看我身旁的沈煜夜，然后问我道，“刚才人那么多，没伤着你吧？”

“没有没有。”我摇了摇头，看着他那一身已经变得皱皱巴巴的校服衬衣，不由有些担忧，“倒是你，刚才那么混乱，她们有没有……”占你便宜？

“喀喀！”祁炎握拳轻咳了两声打断我的话，冲我笑道，“莉莉，我从不吃亏。”

我心里的石头总算落了下去：“那我就放心了！”

“李茉莉，你不去上课还在这里做什么？”一直被我们忽视的沈煜夜终于忍不住爆发了，我可怜的耳朵再一次受难，“你就这么喜欢做倒数第一吗？”

“这个，那个……”我眼睛四处乱瞟，就怕祁炎发现我的窘迫，“我马上就回教室去！”沈煜夜你这个浑蛋，不把我倒数第一的事挂在嘴边会怎样啊，就不能让我给祁炎哥的印象好一些吗？

上帝保佑，我在祁炎心中的形象并没有因为学习成绩倒数第一打了折扣！

“那莉莉你就先回教室吧，我去教务处报到。”

“好的。”我朝祁炎挥了挥手，然后转身朝教室的方向走去，“祁炎哥再见，记得放学等我一起回家！”

谁知道才走了没多远，我的领子就被人抓住了。

“李茉莉，我有说过准许你就这么走掉吗？”

“沈煜夜，你到底想怎样？”要我回教室上课的是你，不许我走的也是你，你是人格分裂了还是怎样啊？

“我想怎样？”沈煜夜冷哼一声，然后脸色阴沉地开口道，“我想把你剁成肉酱喂卜噜！”

我被沈煜夜的话吓得禁不住哆嗦了一下，说话都不利索了：“为为为什么……”

“你这朵该死的狗尾巴花居然还敢问我为什么？”沈煜夜越发用力地拽着我的衣领，我的呼吸都开始有些困难了，却听他咬牙切齿地道，“你知不知道，吃了你买的包子，卜噜回去之后就开始拉肚子，现在都还在宠物医院里！”

“不关我的事，我发誓……”那包子我也吃过一个，明明一点问题也没有，再说了，买包子的地点又不是我挑的，凭什么他的狗拉肚子要赖我买的包子，“而且，包子是你让我买的！喀喀……”这个家伙，他用这么大力是想勒死我吗？

“还想狡辩！”沈煜夜见我的脸已经憋得通红，这才松开了我的衣领，我大口大口地呼吸着新鲜空气，继续听他哼哼道，“一定是你对我心怀不满，所以在包子里动了手脚，却没想到我让你买包子是要给卜噜吃的。矮冬瓜，看不出来你学习成绩不怎么样，使坏倒是比谁都厉害啊！”

“才不是！”我一脸的黑线外加N个“十字路口”。沈煜夜这是侦探剧看太多，患上被害妄想症了吗？虽然我在买包子的时候是有想过添点料，但是我很清楚这么做的后果，所以想归想，我根本没有动手做过！

“是不是你自己心里最清楚！”沈煜夜说完便双手插着裤兜朝教室的方向走去，“要是卜噜有什么不测，你就准备以死谢罪吧。”

看着沈煜夜逐渐远去的背影，我禁不住打了一个寒战，紧接着便是气愤。

他的狗遭遇了什么不幸的事就要我以死谢罪？凭什么呀！哪有这样的道理！

不过，虽然和我没什么关系，我还是希望卜噜不要出什么意外，毕竟那也是一条鲜活的生命；再者，按照沈煜夜的说法，卜噜是吃了我买的包子之后才开始拉肚子的，要是它就这么翘辫子了，我可就跳进黄河都洗不清了，恐怕以后还会因为“谋杀狗狗”一直被人唾弃，真是想想都觉得可怕！

上帝爷爷，为了我的清白，请你一定要保佑卜噜不要出什么状况！

3

“茉莉，茉莉，今天跟你一起来学校的那个帅哥是谁？快，给我第一手资料！”

一进教室，伊小贝就像只八爪鱼一样缠了过来，“敬业”的八卦精神让我忍不住翻白眼。

“是一起长大的邻居家的哥哥，来星辉做交换生……”

“谁要知道这些啊！”我话还没说完就被伊小贝打断了，“姓名、生日、电话、血型、星座，最重要的是他喜欢什么样的女生！”

“你是查户口的吗？”

“我是研究八卦的！”

我真是无语了。

时间过得飞快，一转眼就到放学时间了。

伊小贝一边收拾课本一边问我道：“茉莉，要跟我一起走吗？”

“不了，我今天要等祁炎哥一起。”每天都能跟祁炎哥一起上学、一起回家，这可是我做梦都没想到的事情呢！

“哦……”伊小贝若有所悟地点点头，然后一脸八卦地看着我，“你是不是对你的祁炎哥……嗯哼！”

“别、别胡说！”这个伊小贝真是的，怎么这么八卦！

“脸红了哦！”伊小贝说着就要伸手过来戳我的脸，却在动作进行到一半的时候突然停了下来，然后朝着前方挥手道，“学长好！”

学长？我一脸疑惑地顺着伊小贝的视线看过去，却见沈煜夜不知道什么时候已经站在了我们班教室里，班上为数不多的几个还没出教室的女生则因为他的到来兴奋得就差没手舞足蹈起来了。

奇怪，他来我们班教室做什么？难不成他的狗真的遭遇不测了，所以来找我算账？可是他的脸色看上去也还好啊，不像是来寻仇的。

既然不是来寻仇的，那应该就没我什么事了。我收回视线，继续整理课本。

“看来你不只学习成绩不好，连礼貌也欠缺啊。”沈煜夜径直朝我所在的位置走了过来，然后双手按在我的课桌上，一脸的挑衅。

“请问学长，您有什么事吗？”这个家伙，他又想搞什么名堂？

“连补课都要我这个辅导老师亲自来请你，李茉莉同学，你是不是觉得倒数第一这个称谓很光荣？”

我被沈煜夜的一席话问得愣住了。他不是为了更加方便折磨和报复我才主动请缨要做我的辅导老师的吗，怎么会……难道他真的要辅导我学习？

“莉莉。”我还没从震惊中回过神来，祁炎的声音就在我耳畔响起，

“我没来晚吧？”

“没有没有！”祁炎的出现让我无暇再顾及其他，赶紧收拾好东西准备回家，“时间刚刚好！”

谁知道我前脚才刚从座位上迈出去，衣领就被沈煜夜揪住了。

我有些难以置信地回过头看他：“喂，你……”

“该去补课了。” 沈煜夜弯起嘴角露出一抹绝对算不上友好的笑容，“倒数第一学妹。”说完便不顾我意愿地拉着我的胳膊往门外走去。

“喂，你放开我！”

我使劲挣扎，无奈对方是一只手就能把我提起来的沈煜夜，我的反抗在他面前根本就不值一提。

“那个……祁炎哥，我还有点事，不能和你一起走了，你自己先回家吧！”

祁炎一脸担忧地看了看我，又看了看和土匪没什么两样的沈煜夜，皱着眉道：“莉莉，需不需要我帮忙？”

“不用不用！”怕祁炎误会，我赶紧跟他解释道，“我只是去补课，很快就回家的！”

“不用我等你吗？”

“不用啦！”我话才刚说完，只觉得沈煜夜行走的速度越来越快，我几乎要小跑才能跟上了，不由抱怨道，“喂，你慢点，我要跟不上了！”

沈煜夜哼了哼，行走的速度却一点也没见变慢，拉着我一直走到学生会办公室才停下，然后像扔无生命物体一样将我扔了进去。

我被甩得一个踉跄，还好门口就是沙发，并没有磕到哪里。

不过，学生会的沙发还真是柔软舒服得不像话，我躺在上面就不想起来了，完全忘记了自己被带到这里的目的。

“今天之内，把这些题全部做完，做不完不准回家，错误率超过百分之四十不准回家！”说着，沈煜夜“啪”地将一本习题扔在了书桌上。

看着那本快赶上课本厚的习题，我完全傻眼了。这么厚的一本，别说今天了，就是做到下个星期的今天，我也不一定能做完啊！

“那个，学长……”我怯怯地举起手来，“请问你这是要采取填鸭式教学吗？”就算是填鸭式，也不是这么个填法吧，会撑破肚子的！

“我跟人打了赌，一定会把你的成绩拉上来。”沈煜夜难得好脾气地跟我解释，我却把注意力都放在了他手中那根类似于指挥棒的棍子上，“你要是不争气，哼哼！”说完，他挥舞着棍子“啪”地敲在书桌上，击打的声音在偌大的学生会办公室里显得尤其刺耳。

我禁不住吞了吞口水。我敢确定，百分之一百一千一万地确定，沈煜夜这家伙绝对是打着给我辅导课业的幌子在报复我！

“还愣着干什么，嫌题太少了吗？”说着，他手里的棍子又“啪”地敲打在书桌上。

我吓得浑身一哆嗦，赶紧找了支笔开始做题。

沈煜夜这家伙太可怕了，我敢肯定他绝对不只是脾气暴躁而已，一定还有暴力倾向！

倒霉的我怎么就撞到了他的枪口上呢！我的命好苦啊，比黄连还苦，呜呜……

“矮冬瓜，你给我专心点做题，要是被我发现你不认真，有你好看的！”说完又是“啪”的一声，连带着我的小心肝也跟着颤了两颤。

已知点A（1，1）且斜率为$-m$（$m>0$）的直线l与x，y轴分别交于P，Q两点……

已知等差数列……

已知两曲线……

……

天哪，我凌乱了，这些都是什么跟什么啊，为什么我完全看不懂？

“矮冬瓜，你还在那儿磨蹭什么？不想回家了吗？”

“我……”虽然不想承认，但是事实摆在眼前，“我不会……”

“什么？不会？”沈煜夜一字一顿地道，然后瞬间变身暴龙兽冲我吼，“这么简单的题都不会，你是猪吗？该死的，说你是猪都侮辱猪的智商了，世界上哪里有这么笨的猪！”

我被沈煜夜吼得一愣一愣的，撇了撇嘴，委屈得都要哭出来了。不会做是我的错吗？这些题我从来都没见过的好不好！

“真怀疑你的脑子里是不是都是装的豆腐渣！”见我已经在吸鼻子了，沈煜夜也没再多说什么，只是让我把习题册递给他，然后皱着眉看了起来，结果只翻了两页就把习题册扔到一边去了。

“我拿错了，这本是我自己的，不是给你的。”

几只乌鸦“呱呱”叫着从头顶飞过……

“沈煜夜！”这个浑蛋，他肯定是故意拿错看我出丑的！

我要咬死他！嗷嗷嗷——

“好吧，是我的错。”沈煜夜抓了抓后脑勺，然后重新拿了一本比之前的薄了至少三分之二的习题册给我，“拿去，这回不会错了。”

我接过习题粗略地扫了一遍，在确定册子上的内容都是我学过的东西后，才提起笔开始做题。

房间里逐渐安静了下来，除了笔尖在纸上划过的沙沙声，便再无一丝杂音，而我也全身心地投入到了习题里。

所以，沈煜夜是什么时候离开的，我完全没有察觉到。

而我是什么时候做题做到睡着的，也完全没了印象。

4

一觉睡醒，我舒服地伸了个大大的懒腰，看见从窗户透进来的光已经变得昏黄，这才知道时间已经不早了，随手翻了一下手边的习题，立刻有了一种想要去撞墙的冲动。

沈煜夜说过，题做不完不准回家，错误率超过百分之四十不准回家，可是在我睡着之前才做了题册的三分之一不到！完了完了，难道我今晚要被扣在这里继续做题吗？

不对不对，依照沈煜夜的脾气，怎么可能会眼睁睁地看着我睡着？难道他早就溜回家了，所以我才能一觉睡到自然醒？

后知后觉的我反应过来之后立马狠狠地拍了一下自己的脑袋。李茉莉啊李茉莉，你怎么就这么笨啊，明知道沈煜夜做你的辅导老师是为了借此更方便欺负你，居然还相信他说的“做不完不准回家”，真以为他会守着你直到整本习题做完？

真是，猪都比你聪明啊！

我一脸愤愤，起身就要离开，却见门口站着个十岁左右的小男孩，正皱着眉打量我。

奇怪，怎么会有小孩子在这里？

出于好奇，我多看了他几眼，可是几秒钟之后就震惊得说不出话来了，因为这个小正太无论是长相还是表情都和沈煜夜如出一辙，简直就是缩小版的沈煜夜！

我、我没眼花吧？沈煜夜居然变得这么小了！

我使劲揉了揉眼睛，再看，居然还是只有十岁左右大！

天哪，是我穿越了吗？还是我现在根本就是在梦里，还没有醒过来？

为了进一步确定我的想法，我几步走到小正太面前，笑得极其温柔可亲地问他道：“你是沈煜夜吗？”

谁知道回答我的却是一声鄙视的童音：“白痴！”

几只乌鸦“呱呱”叫着从头顶飞过。

我没听错吧，他居然叫我“白痴”？居然叫天真善良温婉贤淑的我“白痴”？哇啊啊啊，我要抓狂了，这个该死的缩小版沈煜夜，他的思想品德难道是体育老师教的吗？

就凭他这说话的态度，我更加确定自己是在梦中了，而眼前这个人，百分之百是正太时期的沈煜夜！既然是做梦，那我就没什么好顾忌的了！

“敢骂我是白痴？”我阴险地笑着上前去扯正太版沈煜夜的脸，“小正太，知道‘礼貌’这两个字是怎么写的吗？要不要姐姐教教你？”

“放开我！”正太版沈煜夜一边哇哇大叫，一边对着我拳打脚踢，“你这个白痴大婶！”

“要叫姐姐，姐姐，知不知道？”

“白痴”就算了，后面居然还加上“大婶”？小正太的思想品德果然是体育老师教的！

“李茉莉！”我正帮思想品德老师教育正太版沈煜夜，身后却传来堪比魔鬼的吼声，“你又在那儿做什么？”

“我……”我扭过僵硬的脖子朝声源处看了看，然后吞了吞口水把视线移回到正被我欺负的正太版沈煜夜身上，立刻石化了又风化。

怎么回事，为什么会同时出现一大一小两个沈煜夜？如果我是在做梦，这个梦未免也太乱了一点！

“哥，这个大婶欺负我！”

我还没反应过来，正太版沈煜夜已经挣脱了我的魔爪跑向了真实版沈煜夜那里，并且抱着他的腰一把鼻涕一把眼泪地控诉我蹂躏他的恶行。

什么？哥？我瞬间风中凌乱了。

他叫沈煜夜“哥”，难道他不是正太版沈煜夜，而是沈煜夜的弟弟？这这这，谁来告诉我这究竟是怎么回事？我难道不是在做梦？

我狠狠地在自己大腿上使劲拧了一下，却疼得我差点叫出声来。这么疼，肯定不是在做梦了，早知道下手就该轻点的，呜呜呜……

“沈星夜？”显然，对于现在的状况，沈煜夜的讶异并没有比我少多少，“你怎么会在这里？”

“当然是来接你回家！”正太版沈煜夜……不对不对，应该是沈煜夜的弟弟沈星夜，此时就像只八爪鱼一样整个挂在沈煜夜身上，还在他怀里使劲蹭来蹭去，“哥，星星好想你哦，可是你都不来英国看星星，星星好难过，呜呜呜……”

虽然以沈星夜的年纪来说，说出这些话并没有什么不妥的地方，但是我还是忍不住起了一身的鸡皮疙瘩。

“你什么时候回来的？”沈煜夜费了好大力气才把身上那只八爪鱼给弄下来，比起沈星夜的热情，他的态度简直就只能说“冷”了，眉头都快拧成麻花了，“跟谁一起？”

“才没有跟谁一起，星星自己坐飞机回来的！”沈星夜一脸骄傲地看着沈煜夜，似是在等着他表扬，“而且我一下飞机就过来接你回家了哦！我聪明吧！”

“好吧，聪明！你打算回来玩多久？”沈煜夜相当头疼地揉了揉太阳穴，看样子拿自己的弟弟很没辙，“什么时候回去？”

“我才不回去呢！”沈星夜撇了撇嘴，眼睛里瞬间泪光闪闪，“那里不是星星的家，星星在那里一点都不快乐，星星想要跟哥哥在一起……”

听到这里，我已经有了一种在看偶像剧的感觉，只不过偶像剧的女主角换成了小正太沈星夜……

“好吧……”沈煜夜拿自己弟弟没辙，只得投降，紧接着注意力又转移到了我身上来，“矮冬瓜，你把题都做完了吗？”

“我……我马上做！”惨了惨了，习题我才做了三分之一不到，刚才又浪费了这么多时间，肯定做不完回不了家了啦！早知道刚才看沈煜夜不在我就该溜回家的，我真是笨死了！

“沈星夜，你在这里看着她，别让她偷懒，我还有一点工作，做完就回家。”说完，沈煜夜拍了拍沈星夜的脑袋，然后略带警告地睨视了我一眼，转身走进学生会里面的办公室。

“嗯！哥，你去忙吧，我会帮你监视好这个大婶的！”沈星夜说着从书桌上的果盘里掰了一根香蕉朝沈煜夜挥了挥。

“都说了是姐姐，姐姐！”我尽量压低声音，用只有我和沈星夜能听见的音量说道。

这个小屁孩，到底是没听进去还是听不懂啊？

“哥，这个大婶在开小差！”

听见沈星夜的小报告，才刚走进里面办公室的沈煜夜立刻回头狠狠瞪了我一眼，吓得我缩了缩脖子，赶紧埋头苦做习题。

看着在一旁吃香蕉吃得好不开心的沈星夜，我忍了又忍。好吧，我不说话，我保持沉默，我努力做习题，这样总可以了吧！

时间一分一秒地过去，在我手中的题册还剩下三分之一的时候，我听见门锁转动的声音，抬起脑袋便见沈煜夜从里面办公室走了出来，径直朝我走过来。

完了完了，沈煜夜来检查作业了，可是我还有那么多题没做！

“矮冬瓜，做得怎么样了？”

“还、还行……”

“还剩这么多没做也能叫‘还行’？”沈煜夜阴森森地看着我，我以为他又要说什么难听的话损我，已经做好了抗打击的准备，谁知道他却只是叹了口气道，“算了，就你那点卖白菜的智商，能做到这种程度已经不错了。”

我能够自动把这句话理解成夸奖吗？沈煜夜竟然没损我，居然还用了“不错”这样的字眼！

“别得意得太早，要是让我检查出你的错误率超过百分之四十，你就等着受惩罚吧！”我正得意，沈煜夜却一瓢冷水朝我泼了过来，“好了，收拾收拾准备回家吧。”

终于可以回家了！

我起身就往门口走，谁知道才走了几步就踩到一块香蕉皮，整个人不受控制地朝前摔去，双手挥舞半天却什么支撑的东西也没抓到，反倒把离我最近的那盆水养的盆栽给碰翻了，结结实实地摔在地板上不说，还被淋成了落汤鸡。

可恶的沈星夜，居然乱扔香蕉皮，你的思想品德果然是体育老师教的！

“果然是倒霉星来的家伙……”看着这非常戏剧化的一幕，沈煜夜也无语了，几步上前将我扶了起来，“有没有摔伤？”

我摇了摇头，眼泪跟着就冒了出来。

“不是说没受伤，怎么哭了？”大概是很少见女生哭，沈煜夜抓了抓头发，显得很是急躁，“不许哭！”

沈煜夜这一声吼让我即将要溢出来的眼泪全都退了回去，不知该作何反应的我只得咬着下唇，可怜巴巴地看着他。

“别用这么恶心的眼神看着我！”沈煜夜一脸嫌恶地指了指学生会里面的办公室，“那里边的衣橱里应该有衣服，快去把你身上的湿衣服换掉！”

“哦。”我揉着摔痛的手肘走进里面的房间，打开衣橱，见里面果然有女装，只不过让人崩溃的是，除了公主裙就是女仆装，再没有第三种风格了。这到底是哪个恶趣味的家伙放在这里的衣服啊……

纠结了半天，我还是选择了女仆装，因为衣橱里挂着的公主裙和我在开学典礼那天穿的是差不多的款式，裙摆特别长，对于个子高的女生来说正好，但对于我这样身高的人来说，走路稍不注意就会踩到裙边，然后就会发生诸如开学典礼那样的悲剧事件。

等我换好衣服走出去，就见沈煜夜眼睛一眨不眨地盯着我看，接着，让人意想不到的事情发生了——沈煜夜他居然流鼻血了！

“沈、沈煜夜！”我一脸惊恐地看着他，说话都不利索了，“你你你，你流鼻血了！”

沈煜夜伸手就要去抹，我却先他一步上前捏住了他的鼻子。这个家伙有晕血症啊，千万不能让他看见血，不然的话我还要扛着他去医院啊！

距离如此之近，一贯视我如瘟神的沈煜夜却没有凶巴巴地冲我吼，只是定定地看着我，让我禁不住怀疑他是不是吃错什么药了。

“喂，沈煜夜，你，没事吧？”这样的沈煜夜真是让我太不习惯了！

“没事。”沈煜夜摇摇头，视线依旧没离开我。

可是我觉得你有事啊！我不过是去里面换了件衣服，也就短短的几分钟，怎么沈煜夜就变成了这个样子？

对了，衣服！我低头看了看自己身上的女仆装，再看沈煜夜的反应，瞬间觉得老天爷跟我开了个很没营养的玩笑。

沈煜夜这个家伙，居然是女仆控！

07 第七章 全民运动会

1

沙沙，沙沙……

房间里安静得不像话，除了笔尖和书本碰触时摩擦出的声响，便再听不见其他声音。

已知$y=f(x)$是定义在R上的函数……

已知二次函数$f(x)=-2x+4x+3$……

已知$f(x)=2x$……

……

比《牛津词典》还要厚的习题摊开摆在我的面前，而沈煜夜只是扔下一句“做不完不准回家，错误率超过百分之四十不准回家”就离开了。我想趁他离开偷跑回家，却发现我所在的房间居然是完全封闭的，连只蚊子都飞不进来，更不要说偷溜出去了！

为了能早点回家，我只好提起笔扑进题海里，可是一直做到天都要黑了，却发现我连一道题都没有做完！我一脸惊恐地看着那本好似被施了魔法的习题册，伸手就要去撕，却见里面的文字全都飞了出来，细看之下它们竟然都长出了恶魔的犄角和翅膀，而它们的脸竟然和沈煜夜一个模样！

恶魔文字们咿呀怪叫着飞出了习题册，接着聚合在我头顶，像一大团乌云，却慢慢显出沈煜夜的脸来。

“矮冬瓜，我要吃掉你！”

说完，我头顶的恶魔便张开了嘴巴，一口将我吞了下去。

“啊，不要吃我！救命！救命……”

我害怕到了极点，坠落的同时一边呼救一边本能地伸出手胡乱抓着，甚至忘记了哭。

拜托，谁来救救我……

“啪——”

“痛痛痛——”

突如其来的疼痛让我一屁股坐了起来，睁开眼睛却见李茉薇的脸就在离我的脸不到一米远的地方，吓得我倒吸一口气，脑袋往后一仰，差点就撞到床头柜。

“李茉薇，你干吗呀？”大清早的，不知道这样很吓人吗？

“你还好意思问我！”李茉薇一脸嫌恶地朝我翻了个白眼，“我说李茉莉，你是不是得罪了什么人，怎么说梦话都在嚷‘救命’？还叫那么大声，隔壁邻居都听到了！”

“我、我做噩梦了，不行啊！”还好还好，那可怕的场景只是梦而已！

“梦到什么妖魔鬼怪了？”李茉薇双手抱胸，一脸戏谑地看着我，“瞧把你给吓的！叫那么大声，我还以为有强盗入室抢劫了呢！”

“梦到恶魔要吃我，行了吧？”我抬手擦了擦额上沁出的汗珠，手心却传来火辣辣的感觉，摊开一看，居然都红了！

“李茉薇，你又对我做了什么？”世界上哪有这样的姐姐，居然趁我睡着打我手心！

“喂，你别狗咬吕洞宾啊！我是看你困在噩梦里了，才好心一巴掌打醒你的！”说着，李茉薇还对着自己的手心使劲呼了几口气，“而且，你不知道力的作用是相互的啊，你疼，我就不疼？”

我重重哼了声，然后起床走到穿衣镜前，却立马被镜子里的自己吓到了。

乱得像鸡窝一样的头发，呆滞无神的双眼，堪比国宝的黑眼圈……天哪，镜子里那个人真的是我？

“啧啧，我说李茉莉——”李茉薇走过来戳了戳我的胳膊，“你是不是跟谁借了高利贷没钱还，所以每天半夜都要偷偷跑出去给人家洗盘子赚钱还债啊？看看你那副样子，跟十天半个月没好好睡过觉似的！”

我只是一脸哀怨地看着李茉薇，真想抱着她放声大哭。我的好姐姐，你终于跟我心有灵犀了一回，知道我已经快半个月没睡过好觉了！

天知道沈煜夜那个家伙到底是真的在给我辅导功课还是故意整我，每天留我在学生会讲题讲到天都要黑了才放我走就算了，更可怕的是还给我布置了一大堆作业，我每天晚上都要做题到半夜，没有一天睡饱过，从他开始给我辅导功课到现在才不过两个星期时间，我就已经被折磨成这般惨不忍睹的模样了！

沈煜夜那个家伙绝对是恶魔！不对，他是恶魔中的魔王！

“李茉薇，有没有办法让一个你讨厌的人彻底从你的生活中消失？”

看着我咬牙切齿、一脸愤恨的样子，李茉薇禁不住打了一个寒战道：“李茉莉，就算你再想不开，也不要去做报复社会的事啊，会连累到我们的！”

“你！”我正要指责李茉薇，放在床头的手机却响了起来，一看来电提示，居然是沈煜夜那个恶魔！真是怕什么来什么！

“沈沈……”我一激动，说话又不利索了。

电话那头的沈煜夜似乎心情很好，声音里甚至带着些笑意：“矮冬瓜，你怎么变成结巴了？”

“你才结巴了呢！”我不客气地回了过去，却马上就后悔了，赶紧在他发火之前问道，“敢问沈大少，打给我有事吗？”

“给你半个小时，到世纪广场来。”

“去那边干吗？”要是又想叫我去买包子喂他的狗，免谈！

“叫你来你就来，废话那么多，想挨揍吗？”

顿了顿，我不确定地问他道：“不需要陈记包子铺的包子吗？”还是说他的狗换口味想要吃别的了？蒋记豆花？或者李记窝窝头？

只听电话那头的沈煜夜一字一顿地道：“不、需、要！”然后招呼也不打就挂了。

真是没礼貌的家伙！我正要把手机放下，沈煜夜的电话又打过来了。

“学长，请问还有什么指示？”

“上次你穿回去的衣服，别忘了一起带过来！”说完，不等我开口又挂了。

“真是没礼貌！”沈煜夜的思想品德课学到的东西肯定都还给小学老师了！

“李茉莉，什么情况？”李茉薇一脸八卦地凑上来，盯着我的手机贼笑，“有男生给你打电话哦！”

“李茉薇，你很八卦耶！”说完，我便越过她开始找衣服。要是沈煜夜不说，我还真忘记把衣服还回去了呢！

提起这件女仆装我就来气！自打知道了沈煜夜是女仆控，我便每天以此要挟他跟我恩怨两清，从此山高水远老死不相往来，谁知道这个家伙一点也不讲信用，明明每次都答应得好好的，但是隔天下午又会出现在我们班教室门口，逼着我去学生会补习，并且布置给我的作业一天比一天多，还美其名曰“严师出高徒”！我真的快要怄死了啦！

“喂，李茉莉。”一脸不甘心的李茉薇拿手肘碰了碰我，“你被恶鬼附身了吗？那么重的怨气！”

“李茉薇！”什么叫“被恶鬼附身”啊，你的形容还可以更烂一点！“你信不信我一口咬死你！”

“我是看你表情太凝重了，逗一下你嘛，嘿嘿！”说完她一把抢过我刚从衣柜里拿出来的衣服，“哇，好漂亮啊！李茉莉你是要穿着这件衣服去约会吗？”

“约你个头啦！”谁约会会穿这种好像玩角色扮演一样的衣服啊，“这是要拿去还给别人的！”

“明明就是要去约会，还想狡辩！”说着她把衣服还给了我，然后搭着我的肩膀，一副我们感情很好的样子，“约会的对象是不是刚刚打电话给你的男孩子？他人怎么样？帅不帅？比起祁炎如何？当然了，我不是说祁炎有多好，他也就那张脸对得起观众一点……喂，李茉莉，你要去哪儿？你还没回答我呢！”

“懒得理你！”

真不知道有这样一个姐姐，到底是幸运还是不幸！

2

因为怕沈煜夜刁难，我拦了辆出租车便催着司机大叔朝世纪广场赶过去。

“大叔，麻烦你开快一点，我要迟到了！”沈煜夜那个无耻的家伙可是随身带着计时器的，要是去晚了，不知道他又会给我加多少作业！

“呵呵，小姑娘赶着去约会吧？放心，一定不会迟到的！”

“没有啦，大叔你想多了！”真是的，现在的人都这么八卦吗？

“哟，小姑娘还不好意思了！”司机大叔乐呵呵地说着，然后一个急转弯，接着继续说道，“年轻就是好啊！”

“呵呵……”我不知道回他什么好，只好以傻笑应对。

等我急匆匆赶到世纪广场，却并没有见到沈煜夜的人影，只有三五个行人来来往往，以及几个正在搭建舞台、不知道为什么活动做准备的工作人员。

我左看右看前看后看，方圆两百米看了个遍也没有看到沈煜夜的身影。奇怪了，他不是限我半个小时以内到的吗？那他自己呢，难道还没到？

等待的时间最是漫长，一分钟都好像被拉长成了一个世纪。

二十多分钟过去，活动用的舞台和背景都已经搭建好，音响师开始调试音响，不时敲击着话筒发出“喂喂”的声音来。

我百无聊赖地看着舞台上“全民运动会”几个醒目的大字，不知道沈煜夜打电话叫我来这里究竟有什么目的。

如果是为了我手里的衣服，大可以等上学的时候再带去还给他；如果只是为了要我，为什么又特地打电话要我带着衣服来？

就在我百思不得其解的时候，沈煜夜特有的恶魔嗓音传进了我耳朵里。

“矮冬瓜，不是只给了你半小时吗，怎么现在才到？”

“拜托，沈大少，到底是谁不守时啊？我已经在这里等了快半小时了，你别恶人先告状好不好！”

我一脸无奈地转过身，却发现今天的沈煜夜格外不一样：标志性的红色头发剪短了不少，并且染成了栗色，在阳光下闪烁着熠熠的光泽，原本的张扬变成了另一种形式的耀眼，也显得他的脸部轮廓更加硬朗和帅气。一时间，我竟看得有些呆住了。

“我是看你还没到，所以去做准备工作了。”身着浅灰色运动装的沈煜夜一边说一边扭了扭脖子，然后舒展了一下胳膊和腿。

笨蛋李茉莉，回神，回神！千万别被那个恶魔的表象给迷惑了！

“喏，衣服我带过来了。”说着我便把装衣服的袋子递了过去，“任务完成，请问我可以回家了吗？”

“你以为我叫你来只是为了还衣服？”沈煜夜半眯着眼睛看着我，眼里透出丝丝危险来，“李茉莉，你还真是天真！”

我禁不住吞了吞口水，后退两步问道：“那、那你叫我来这里到底要干吗？”

“看到那边的舞台了没？”沈煜夜手指的方向赫然就是我看了大半天的“全民运动会”的舞台。

我忍不住翻了个白眼："废话，我又不是瞎子！"见沈煜夜的脸色瞬间沉了下来，我赶紧狗腿地道，"我看见了，您继续，继续，当我先前说的话是放屁好了！"

沈煜夜的脸色这才缓和了一点："矮冬瓜，我们打个赌吧。"

我丈二和尚摸不着头脑："赌什么？"

"就赌我在第一轮的一万米长跑能不能拿到第一名。"沈煜夜双手抱胸斜睨我，"如果我拿不到第一，今天一天我都随你差遣。怎么样，敢不敢赌？"

一整天都随我差遣？会有这样的好事？我差点就要点头应下来了，但是理智告诉我，这是陷阱，沈煜夜绝对有阴谋！

"如果你拿到了呢？又该如何？"

"如果我拿到第一了，今天一天换你被我差遣，并且，穿上你带来的衣服。"

我忍不住嘴角抽了抽，真想一棍子敲晕沈煜夜！这个浑蛋，他搞这么多名堂出来，原来目的不过是要我做一天真正意义上的女仆！

这个该死的女仆控！

"怎么样，敢不敢赌？"见我还在犹豫，沈煜夜继续给我下套，"你想想，参加比赛的人是我，又不要你来跑这一万米，你只需要在一旁看着就行，就算输了也没什么损失吧？再说了，这是全市的比赛，参加的人这么多，我得第一的机会不超过百分之十，你赢的几率可是比我高得多呢！"

我露出牙齿冲他笑得灿烂："我可以说不吗？"

沈煜夜回了我一个更加灿烂的笑容："当然不行。"

“赌就赌，谁怕谁！”大不了就是穿着女仆装被他差遣一天，我豁出去了！再说了，就他这富家少爷白斩鸡一样瘦弱的身体，能坚持跑完一万米才怪！更别说拿第一了！

我抬起头迎上沈煜夜的目光，四目相对的一刹那，一股强劲的电流在我们之间“刺啦刺啦”地流动，有着仿佛能摧毁一切的力量……

“女士们，先生们，大朋友、小朋友们，欢迎大家来到‘全民运动会’的活动现场！”主持人终于站上了舞台，用他独特的魅力将广场附近的人都吸引了过来，也打断了我和沈煜夜暗地里的较量，“生命在于运动，运动为我们带来的不仅仅是身体上的健康，还能洗涤和净化我们的心灵，为此，我们特别举办了这一次‘全民运动会’，希望每一位市民朋友都能参与其中，了解运动的益处，并且通过运动强身健体……”

说了一大段废话之后，主持人才宣布活动正式开始，第一项便是沈煜夜和我打赌的一万米长跑：从世纪广场出发，经月辉高中，最后到北区老城，然后按相同的路线折返回来，每一处路口都有工作人员把关，谁能坚持下来并且第一个回到起点，谁就是冠军。

沈煜夜早已经准备好，在主持人热情洋溢的呼喊声中不慌不忙地朝着起点走去。

上帝保佑，沈煜夜千万不要得第一，千万不要！

“你在那儿嘀嘀咕咕什么，还不快点过来给我加油！”

沈煜夜此言一出，我差点被自己的口水呛到。我们现在可是拿出了自己一天的自由，很认真地在跟对方打赌耶，我干吗还要给他加油？我又不是脑子进水了！

见我半天不动，沈煜夜更加不耐烦了：“还在那儿磨蹭什么？又想挨揍了吗？”

我无奈，只得提醒他道：“沈大少，我们现在在打赌！”给他加油，不就是希望自己输？我才没那么傻呢！

“打赌又怎样？友谊第一，比赛第二，还要我教你吗？”

我晕！我们现在是在打赌耶，关友谊什么事啊，真是会瞎扯！

“快点来给我加油，不然的话，等我拿到第一，你就死定了！”

我拗不过沈煜夜，只得硬着头皮开口道：“加油！加油加油加油！”

这么明显的敷衍，沈煜夜也无语了，嘴角抽搐了几下，然后沉着脸对我道：“李茉莉，你最好祈祷我跑不了第一，不然的话，哼哼……”

沈煜夜那声意味不明的“哼哼”让我禁不住打了一个寒战，脑子里瞬间就冒出了诸如“清朝十大酷刑”之类的折磨人的东西来，不由得一股寒意直冲头顶。

上帝啊，请保佑沈煜夜千万千万不要得第一，哪怕得第二第三也好，就是不能得第一，不然的话我这一天会相当难过的！

我就这一个小小的愿望，请一定要帮我实现，拜托拜托！

3

时间已经过去了四十分钟，一万米长跑的结果眼看着就要出来了，我紧张得手心里全是汗，闭着眼睛来回踱着步子祈祷着：圣母耶稣佛祖观世音菩萨保佑，沈煜夜千万不能得第一，千万千万不能……

“来了来了，他们来了，第一项比赛——一万米长跑的冠军马上就要揭晓了！”活动主持人抱着话筒激动地哇哇叫，“哇哦，这位运动装帅哥已经率先跨过终点线了，毫无疑问，他就是我们今天的一万米长跑冠军！大家为他欢呼吧！”

在听见主持人说“运动装帅哥”的时候，我心里便隐隐有了不好的预感，却还是挣扎着掀开了眼帘，在看见把瓶装矿泉水当自来水一样往自己头上淋的沈煜夜时，我整个人石化了又风化。

沈煜夜居然真的拿到了一万米长跑的第一名！神啊，告诉我这不是真的，不是真的……

刚刚才跑完一万米，沈煜夜却不急着休息，只是甩了甩头上的水珠，然后迈开步子朝我走过来，嘴角还扬着恶魔的微笑。

我吞了吞口水，紧紧抓着手上的袋子一步步后退。

“怎么样，李茉莉，我厉害吧！”

沈煜夜居高临下地看着我，一脸的得意神情，水珠顺着他的脸颊滑落至脖子，接着朝胸口滑下，我禁不住再次咽了咽口水。

“快说！”见我半天没反应，沈煜夜故意拉下了脸，然后伸手来扯我的脸皮，“我厉不厉害？”

我只得违心地点点头：“厉害厉害，你最厉害了！”心里却把他从头到脚鄙视了一遍，不就拿个第一而已，有什么好得意的！

“这才对嘛！”沈煜夜满意地拍了拍我的脑袋，弯起嘴角心情大好地指了指我手里的袋子，“喂，你输了，愿赌服输，现在该履行你的义务了。”

我欲哭无泪地看着沈煜夜：“可不可以不穿这个衣服？”

沈煜夜半眯着眼睛哼了哼：“你觉得呢？”

好吧，我知道我问了个白痴问题。沈煜夜你这个无耻的家伙，你恃强凌弱以大欺小，我轻视你鄙视你瞧不起你！

换好了衣服再次站在沈煜夜面前的时候，那个家伙居然难得地红了脸，接着手握成拳放在唇边轻咳了几声，以掩饰自己的尴尬，然后开口道：“来，先叫声‘主人’听听！”

愿赌服输，我只能心不甘情不愿地开口叫道：“主人！”

路过的行人不时朝我投来异样的目光，我忍了又忍，垂在腰侧的双手才没有握成拳招呼到沈煜夜脸上，我发誓，从现在开始，我最讨厌的就是女仆控！

“很好。”沈煜夜满意地点点头，然后双手环胸似笑非笑地看着我，“既然今天一天你都归我差遣了——我之前已经帮你报名参加了除一万米之外的所有比赛项目，所以，接下来就看你表现了！”

“什么？所有的比赛项目？”我难以置信地看着沈煜夜，眼珠子都要瞪出来了，好半天才扯出一抹僵硬的笑容来，“学长您一定是在跟我开玩笑吧！哈，哈哈，哈哈哈……”

沈煜夜狭长的眼睛笑得眯成了一条缝：“你看我的样子像是在开玩笑吗？”

“你！”我激动得话都说不出来了，只能伸出颤抖的手指指着他。

我就知道他叫我来准没好事！这个睚眦必报的小人，在学校里拿辅导老师的身份压我、用做不完的习题折磨我就算了，现在居然用更变态的方式报复我！

“记住，我现在是你的主人，你该知道对我不敬会有什么后果。”说着，沈煜夜拨开了我指着他鼻子的手指，嘴角扬起恶魔的微笑，“矮冬瓜，在你得罪我的时候就该想到后果的，现在，你就好好享受我精心为你准备的这一天吧！”

我气得头顶都快冒烟了，好歹我也是个女生，他就不能换个温和点的报复方式吗？居然替我报了除一万米长跑之外所有的项目，这个没人性的恶魔！

“下一场比赛马上就要开始了，你还不去准备，愣在这里干什么？”见我半天不动，沈煜夜颇不耐烦地皱着眉戳了戳我。

人在屋檐下不得不低头，我忍，我再忍，我忍成忍者神龟！

“女士们，先生们，大朋友、小朋友们，‘全民运动会’第二项比赛—— 一百米短跑马上就要开始了，欢迎大家继续踊跃报名，积极参与到我们后面的比赛项目中来！”

换好了衣服，我一脸不情愿地朝着起跑点走去，在心里把沈煜夜那个卑鄙的家伙鄙视了无数次。浑蛋，你等着，总有一天我会报复回来的！

“在那儿叽叽歪歪磨蹭什么呢？”即使已经帮我报名参加了除一万米之外所有的比赛项目，沈煜夜仍不放过我，“这是比赛，给我认真点，不然的话，哼哼……”

我当然明白他的“哼哼”是什么意思。这个恶魔，这个浑蛋！如果可以，我真想一口咬死他！

“选手们都准备好了吗？”得到肯定的回答之后，主持人便高举起手里的小红旗，“预备——开始！”

毕竟不是正式的比赛，参加的人并不多，女生组的人更是寥寥无几，第一场一百米短跑，根本没什么运动细胞的我居然还得了第三名！

“总共就四个人参赛，得个第三也能高兴成这样！”我正想为这来之不易的第三名欢呼，沈煜夜一瓢冷水兜头泼下，“李茉莉，你能有出息一点吗？”

沈煜夜，你不说话没人会把你当哑巴！我狠狠地瞪了他一眼，然后开始为下一场比赛做准备。

“二百米跑，预备——开始！”

“四百米跑，预备——开始！”

“八百米跑，预备——开始！”

……

比赛项目才完成了不到一半，我已经累到快要虚脱了，要不是沈煜夜那个浑蛋一直像监视犯人一样监视着我，我早就甩手不干了。

沈煜夜，我知道错了，你就放过我吧！我要回家，我要回家啦，呜呜……

4

“我不干了！”

忍无可忍，无须再忍，我干脆撒泼，一屁股坐在地上。

“李茉莉，你就这点能耐吗？”沈煜夜轻嗤一声，然后硬是将我从地上拉起来，“刚运动完就坐地上，你找死吗？”

“不管你怎么说，反正后面的比赛我都不要参加了，你爱怎样怎样！”哼，大不了就是被当成沙包暴揍一顿，我豁出去了！

谁知道沈煜夜不怒反笑：“你以为我真的帮你报了所有项目？我不过是想逗逗你，看看你的反应，谁知道你真的这么蠢，居然相信了！”

“沈煜夜！”你这个浑蛋！

愤怒的火苗一点即着，并且一下子蹿到几丈高。烧吧，烧吧，烧毁一切，最好把沈煜夜这个浑蛋烧得连渣都不剩！

“矮冬瓜，你又忘了自己今天的身份了吗？”沈煜夜半眯着眼睛略带威胁地看着我，然后像给小动物顺毛一样摸了摸我的脑袋，“听话，不然的话，后果你知道的。”

“才不要理你！”我红着眼眶一把拍开他的手，转身就要回家。

去他的辅导老师！去他的赌约！浑蛋，耍我就那么好玩吗？把我骗来这里，又骗我跟他打赌，还骗我去参加比赛出丑……沈煜夜你这个超级没品的家伙，就知道欺负女生，你是全宇宙最最讨厌的大浑蛋！

“我有说过你可以离开了吗？”手长脚长的沈煜夜几步就追上了我，却在看见我脸上挂着的两行泪水时愣了一下，而后皱眉，“该死的，你哭什么？”

我在脸上使劲抹了几下，擦干眼泪回他道：“不关你的事！”

“不就是捉弄了你一回，又不是什么大不了的事，比起你先前对我的所作所为，根本就不值一提好不好！”见我眼泪又开始在眼眶打转，沈煜夜愈加不耐烦起来，却难得地没有对我发火，“好了好了，你别哭了，大不了我以后都不捉弄你了，可以了吧！”

“啊？”刚要溢出眼眶的泪水瞬间全部退了回去，“你说什么？”我我我，我没听错吧，沈煜夜居然跟我妥协？

“我说，以前的账，咱们一笔勾销。”沈煜夜难得好脾气地跟我解释，嘴角还噙着一抹与他暴龙兽气质很不符的浅笑。

我被他那抹诡异的笑容刺激得禁不住打了一个冷战。一笔勾销？这种话居然会从睚眦必报的沈煜夜嘴巴里说出来？李茉莉，清醒，清醒，千万别上他的当，这个家伙肯定又在想什么整人的恶招了！

“喂，矮冬瓜，你那一脸的不相信是怎么回事？”见我非但不感动，还一脸的猜疑，沈煜夜立刻变身暴龙兽，我的耳朵也跟着受罪，“浑蛋，想挨揍了吗？”

见沈煜夜发火，我反倒放下心来。对嘛，这才是我认识的沈煜夜嘛，刚刚那个好脾气的家伙绝对不是他！

“真是个白痴一样的家伙！”见我又露出那种异常无辜的表情，沈煜夜忍了又忍，握紧的拳头才没有招呼到我身上来，“我怎么会对你……真是该死！”

这下我更无辜了。我明明什么都没做啊，他干吗一副恨铁不成钢的表情看着我啊？

都说“丑人爱作怪”，沈煜夜明明有一张英俊的脸，却让人恨不得踩上两脚又算怎么回事？

“喂！”半晌后，沈煜夜终于把自己的火气压了下去，冲兀自纳闷的我扬了扬下巴，“玩过两人三足吗？”

我点点头。那么小儿科的游戏，谁没玩过呀！

“那正好，来陪我玩。”

看着兴致勃勃一脸跃跃欲试的沈煜夜，我的嘴角不受控制地抽了抽，沈大少爷居然对这么幼稚的游戏感兴趣……

我的脑海里瞬间冒出了这样一幅画面来：夕阳西下，年幼的沈煜夜趴在窗户前看着外面的小朋友踢足球、玩捉迷藏，一脸的羡慕和向往，他好想好想出去跟他们一起玩呀，可是妈妈说他是未来的接班人，要学好钢琴，学好油画，学好奥数……他跟那些玩泥巴的脏小孩是不一样的，跟他们玩只会降低他的身份。所以，即使再羡慕再向往，他仍旧只能待在屋子里学钢琴，学油画，学奥数……

噗，好狗血好恶搞的剧情!

“还不快过来，在那儿发什么呆？”

见沈煜夜皱眉，我立马屁颠屁颠地跟了上去：“来了来了！”

唉，弱者总是容易激起别人的同情心，哪怕是外表看上去很凶很像暴龙兽的沈煜夜，但只要一想到他是没有享受过快乐童年的可怜孩子，我就忍不住想要为他掬一捧同情的眼泪，给他一点人道主义关怀。

所谓“两人三足”，就是说一个人的左腿要跟另一个人的右腿绑在一起，然后两人一起从起点走到终点，并且步调要保持一致，不然的话很容易摔倒。

几分钟后，我的左腿和沈煜夜的右腿被布条绑在了一起，沈煜夜还亲自动手打了个死结，像是怕我半路会逃跑似的。

同情心泛滥的我摩拳擦掌跃跃欲试，却也担心起来：两人三足考验的就是两个人的默契和配合程度，但是我和沈煜夜之间……真的有默契可言吗？

我很怀疑。

“记得一会儿听我指挥。”沈煜夜说着警告似的敲了敲我的脑袋，“我可不想和某个笨蛋一起摔倒被人笑话！”

我偷偷朝他翻了个白眼。要不是看在你童年悲惨的分上，谁要来跟你这只暴龙兽玩这种幼稚的游戏啊！

“该去做准备了。”沈煜夜说完便迈开长腿朝起点走去，“跟上，左，右……浑蛋，你在做什么？”

沈煜夜手长脚长的，我根本跟不上他，再加上在“左”和“右”的问题上出了一点小状况，于是我俩一起华丽丽地摔了个狗吃屎。

“该死的，你小脑发育不健全吗？连左右都分不清！”

“你才左右不分呢！”拜托，你可不可以起来了再凶啊，这样趴在地上很难看的耶，“是你说的先左再右的！”我可是很听指挥的，一步都没走错！

“你白痴啊，我说的是我出左脚，你怎么也跟着出？”

沈煜夜气结，双手撑地就要站起来，无奈我跟他真的是一点点默契也没有，因为腿绑在一起，他站起来的时候带得我也跟着一起站了起来，但我一点思想准备也没有，而跟他绑在一起的腿也仿佛不是自己的，摇晃了几下便重心不稳地朝沈煜夜倒了过去，结果我俩又一起摔了个四脚朝天。

“李、茉、莉！”沈煜夜一字一顿，咬牙切齿的模样似是恨不得将我生吞活剥，“你知不知道，我真的很想掐死你！”

我“咕咚”咽了一口口水：“知、知道……”

得到我肯定的回答，沈煜夜几乎已经到暴走的边缘了，搁在我身旁的手握紧了又松开，松开了又握紧，然后一脸绝望地闭上了眼睛。

我可不可以理解为他这是彻底放弃和我争辩了？

两个人的腿绑在了一起，仰躺可比趴在地上的时候起身难多了，要不是一旁的工作人员来帮忙，我俩还不知道要以这样的姿势在地上躺多久。

几下拍掉沾在衣服上的泥土，我见沈煜夜已经自暴自弃到连训我的话都懒得说了，仔细想想，虽然我俩谁强谁弱一看就明了，表面看也好像总是他在欺负我，但是一直以来都是他遇上我比较吃亏和倒霉，比如开学典礼被月季扎进了医院，比如话剧排练的时候摔断了胳膊……最后再比如，像现在这样把脸丢到外婆家。难道我身体里真的有什么让沈煜夜倒霉的因子？

“对不起啊沈煜夜。”我搓了搓手，心里难得对他生出了几丝愧疚来，“好像每次遇到我，你都特别倒霉呢……我发誓我绝对不是故意的！”

“哼！”沈煜夜仍旧不搭理我，只是从鼻子里发出一个甚是不满的音节来。

我顿时一个头两个大。

太阳打西边出来了吗？

连沈煜夜都开始闹别扭了！

08 第八章
天降粉色绯闻

1

“两人三足”的比赛比我想象中要顺利得多，我和沈煜夜不知道哪里来的默契，竟然一个字都没说就走到了终点，别说摔倒，就连摔倒的迹象都没出现过，稳稳当当地拿了第一。对此，我只能说，这绝对不是奇迹，这是神迹！

把绑在我和沈煜夜腿上的布条拆掉之后，我胆战心惊地站在他身旁和他一起继续观看了几场比赛，直到主持人宣布活动结束开始颁奖。

我参加了近一半的比赛，虽然最好的名次也不过第三，但是没有功劳至少有苦劳嘛，好歹也被工作人员请上了舞台；沈煜夜虽然只参加了两项，但都拿了第一，实力不可小觑，也被请上了舞台。

一大段很官方的结束语之后，主持人终于开始派发奖品。因为活动本身的意义就是“重在参与”，所以奖品并不丰厚，但都是很实用的东西，比如电饭锅和菜刀什么的。

虽然没期待能得万元奖金，但是看到奖品都是锅碗瓢盆之类适合家庭主妇的玩意，我还是禁不住恶寒了一阵。

终于轮到我的时候，我发誓我对奖品已经不抱任何希望了。奖品越到后面越廉价，连排在我之前的都只能领到市价不足十块的塑料盆，那我还能领到什么好东西？塑料扫把吗？更别提顺序还在我之后的沈煜夜了！

“两位感情这么好，一定是情侣吧！”主持人说着，乐呵呵地递过来一对毛绒小熊，“那这对绝版的运动小熊奖励给你们了，正好一人一只，跟你们一样甜蜜哦！”

哇，吊车尾的家伙居然还能得到毛绒小熊这么可爱的奖品，好意外哦！不过重点不是这个啦，重点是我和沈煜夜现在明明就只是路人甲和路人乙而已，这位主持人的眼神是有多差才会认为我们是情侣的啊？

“不是啦，你误会了，我们才不是……”

我正想解释我和沈煜夜的关系，却被半天不吭声的沈煜夜不客气地打断：“奖励给你你就收下，啰唆什么！”

我一脸诧异地看着沈煜夜。人家说我们是情侣耶，说八字不合、关系差到不行的我们是情侣耶，你没有跳脚大声反驳就算了，那一脸无所谓的表情又是怎么回事？

“难、难道你对我、对我……”我“咕咚”咽了口口水，然后使劲摇了摇头把脑袋里刚刚萌芽的想法掐断。

清醒，李茉莉，清醒！沈煜夜怎么可能会对你有意思，那个睚眦必报的家伙只会打击你、虐待你、报复你而已！而且你先前几度害他进医院，他不追究已经是天大的恩赐了，怎么可能还会对你有什么想法！他又不是受虐体质！

沈煜夜神色怪异地瞟了我一眼，轻嗤道：“难道比起小熊，你更想领针线盒回去？”

“也是哦！”我颇不好意思地摸摸鼻子，然后一个人抱着毛绒小熊傻乐。

“不就是只毛绒小熊，至于高兴成那样吗？”沈煜夜看我的眼神不能不说鄙视，却把他手中的毛绒小熊一并塞给了我，“既然那么喜欢，这只也拿去！”

呀，这又是什么情况？沈煜夜居然送我东西！虽然只是活动得来的奖品，但是这也足够让我吃惊不已了。沈煜夜的坏脾气可是众所周知的，对待女生更是一点耐心都没有，可是就是这样的家伙，刚刚居然送了我一只毛绒小熊！

我眨巴着眼睛看着沈煜夜，希望他能为我解答一下疑惑。

“看什么看！”兴许是我的眼神太“求知若渴”，沈煜夜又朝我凶起来了，“你见过有哪个男人喜欢这种毛茸茸的玩意吗？”

看着耳根子隐隐有些泛红的沈煜夜，我了然地点点头。原来他送我小熊不过是因为我是个女生，又恰好喜欢这种毛茸茸的东西，跟他也算得上熟……说得直白点，就是把我当废品处理站了！

巨大的落差让我禁不住一阵失落，而后又摇了摇头把那些不该有的情绪通通赶走。

真是奇怪，难道我在期待着什么吗？

“该换衣服了，矮冬瓜。”

抱着两只毛绒小熊的我一时没反应过来，傻傻问道：“换衣服？换什么衣服？”

“看来你不仅笨，连记性也很差。”沈煜夜双手环胸看着我，眼睛危险地眯起，“那我就提醒一下你，你用自己一天的自由跟我打赌，并且，你输了。”

我的脸部肌肉禁不住一阵抽搐。如果我说我选择性失忆了，会不会挨揍？

我就说，女仆控什么的，最讨厌了！

等我再次换上那该死的女仆装面如死灰地站在沈煜夜面前，看见他那一脸阴谋得逞的笑容时，我就知道不能对今天报任何期望了。

如果时间可以倒流，我绝对不要答应沈煜夜来送衣服，更不要跟他打什么赌，哪怕代价是一直到他毕业我都不能睡到自然醒！

只会把自己的快乐建立在我的痛苦之上的沈煜夜好似根本没察觉到我的哀怨，心情大好地拉着我横穿马路。

我一边很努力地跟上他的步调，一边一脸惊恐地问他道："你你你，你要带我去哪里？"他之前不是答应过不再捉弄我的吗，难道这么快就出尔反尔了？呜呜，不要哇！

沈煜夜继续心情大好地回答："逛街！"

"逛、逛、逛街？"我一个趔趄，差点摔个狗吃屎。

拜托，沈大少，大白天的，不要讲这么吓人的话好不好，我很胆小的！

"怎么，你有意见？"沈煜夜抓着我胳膊的手倏地用力，"有意见也给我闭嘴！"

哪有人这样的！虽然我把自己一天的自由赌输给他了，但是不代表我就一点人权都没有了啊！抗议，严重抗议！

"李茉莉，你要是不想今天这一天都不高兴的话，最好不要让我听见你说什么让我不高兴的话。"

好吧，我闭嘴。

可是……跟沈煜夜一起逛街？穿着这样奇怪的衣服？手里还抱着两只毛绒熊熊？要不要这么狗血和恶搞啊！

谁来告诉我，剧本是不是给错了？

2

“喂，你想去哪里？”

我前看后看左看右看，确定没有别的人在，这才指了指自己道：“你在问我吗？”

还是我听错了，霸道的沈煜夜什么时候也会顾及别人的想法了？

沈煜夜没好气地瞪了我一眼：“你觉得我还有别的人可以问吗？”

我“嘿嘿”傻笑了两声，然后跟他确认道：“是不是我想去哪里都可以？”

沈煜夜“哼”了声，算是回答。

“我想回家！”我赶紧抓住机会，争取不继续被沈煜夜奴役，却不想脑袋瓜立刻就挨了一个栗暴，疼得我龇牙咧嘴的，“喂，你干吗敲我脑袋？敲笨了你负责啊？”

“回家？你想得美！”沈煜夜一点也不客气地朝我泼冷水，“我是让你选去哪里被我奴役，而不是让你自己支配这一天的时间！”

真是的，早不说不能回家，害我白高兴一场！

“又在那儿嘀嘀咕咕什么？想挨揍吗？”

见沈煜夜一脸不爽地皱着眉，我赶紧为自己辩解道：“没有没有，我是在努力地想应该去哪里被你奴役！”

沈煜夜对我的答案还算满意，哼了声道：“快点想，我耐心有限！”

“不如，我们去山顶放烟花？”这样，我就可以不用像动物园的猴子一样被人参观了！哇，李茉莉，你真是越来越聪明了，这都能想到！

“大白天放烟花？李茉莉，你的脑子里装的都是豆腐渣吗？”

“谁说白天就不能放烟花了？”哼哼，孤陋寡闻了吧，“以前祁炎哥还没搬走的时候，带我和李茉薇去山顶玩过一次，虽然没有晚上放的烟花好看，但是也很有意境的好不好！”

“你懂什么叫意境？”沈煜夜不屑地轻嗤，接着脸色一变，话锋也跟着一转，“那个祁炎跟你什么关系？”

“邻居啊，我和他还有李茉薇是一起长大的！告诉你哦，祁炎哥他可厉害了，人长得帅不说，性格也是无可挑剔，从上小学开始就是人气小王子……”一说起祁炎，我恨不能把他的生平都讲出来，哪怕对象是让人根本就提不起倾诉欲望的沈煜夜。

“闭嘴！”才刚说到祁炎初中的事迹，沈煜夜已经忍无可忍了，抓着我的手腕就往另一条街走。

“我们这是要去哪里？”沈煜夜走得相当快，我几乎一路小跑才能勉强跟上他。真是的，要走要停也提前打个招呼嘛！

沈煜夜冷冷回道：“水族馆！”

“去那里做什么？”不是才说了让我选地方吗，这么快就变卦了？

沈煜夜突然停了下来，阴森森地看着我，嘴角还噙着一抹“嗜血”的笑容：“去看大鱼怎么吃小鱼，顺便给你补补脑。”

我禁不住打了一个寒战，全身的汗毛都竖起来了。这么血腥，会不会有点少儿不宜？还补脑，他以为水族馆是他家的啊，随便抓两条就能煮了吃！可即使我心里有一千个一万个不愿意，还是不得不屈服在沈煜夜的“淫威”之下。

水族馆的外部造型很是独特，据说如果从空中俯瞰的话，就像一只被人从海边带到城市里的大海螺。

“沈煜夜，快看，那两只鱼好有意思，嘴巴碰到一起了！”就好像在亲吻一样，真神奇！

“那叫‘亲吻鱼’。” 我大惊小怪的模样被沈煜夜狠狠鄙视了一通，“连这都不知道，你是乡下来的吗？”

“我这是在用我的无知反衬你的博学！”我一天的自由都捏在沈煜夜手里，多拍拍他的马屁总是没错的！

也不知道马屁是不是拍在了马腿上，沈煜夜只是神色古怪地看了我一眼就不再理我了。

在水族馆逛了一圈出来，我抬头望了望碧蓝的天空，却发现太阳一点西沉的迹象都没有，时间仍旧还早。

不知道这算不算是度日如年？

“喂，你还想去哪儿？”

去哪儿？我当然是想回家了！虽然沈煜夜并没有如我预料的那般刁难我，只是让我陪他逛街逛水族馆，但是谁想跟一个动不动就喷发的火山在一起待一天啊，还穿着这么惹眼的衣服，很丢脸好不好！

“我可以说我还是想去山顶放烟花吗？”不能回家，去人少的地方总可以吧！

沈煜夜微眯着眼睛看着我，半晌后抬起手使劲敲了一下我的脑袋：“所以，你这家伙还是欠揍！”

我抱着被敲痛的脑袋嗷嗷叫：“你干吗打我，我又没说错话！”而且明知道我脑袋不够聪明还敲我脑袋，他肯定是故意的！

就在我一脸愤愤地要沈煜夜给我个说法的时候，一个相当耳熟的声音传进了我的耳朵里："死变态，不许再跟着我，听到没有！"

"为什么名字只差一个字，你和莉莉对我的态度却差这么多？"

死变态？莉莉？好耳熟的叫法！我循声望过去，一眼就看见剑拔弩张的李茉薇和一脸无奈的祁炎。

我有些头痛地揉了揉太阳穴，为什么李茉薇就不能跟祁炎哥好好相处呢？难道他俩天生八字就不合吗？

"因为李茉莉是个笨蛋！"接着，李茉薇话锋一转，幸灾乐祸地道，"而且，那个笨蛋今天跟别人约会去了，你就伤心吧！"

我很想冲到李茉薇面前去甩她巴掌吐她口水，真的很想……她到底还有没有一点身为别人姐姐的自觉啊，居然说自己的妹妹是个笨蛋？还有，我到底什么时候跟她说过我今天要跟别人约会了啊，她怎么可以胡乱造谣，要是让祁炎哥误会了怎么办！

但是，看看我这一身行头，再看看站在我身旁的沈煜夜，要说我没有在约会，真的是一点说服力都没有，而且说不定还会越描越黑……所以，一定不能让他们看到沈煜夜和这个样子的我，至于祁炎哥，以后再跟他解释就好了！

来不及跟沈煜夜解释，我二话不说拉起他就跑，生怕晚一步就被李茉薇看见了。

"喂，你拉着我跑什么？"

沈煜夜话音刚落，不远处的祁炎跟着开口道："可是我喜欢的人是李茉薇而非李茉莉，这一点，薇薇你不是早就知道了吗？"

我脚下的步子顿了一下，接着便加快了速度。

原来，祁炎哥一直喜欢的都是跟他不对盘的李茉薇，而不是什么都听他的、把他当英雄一样崇拜的李茉莉……虽然我一直不确定自己对祁炎的依赖是不是就是所谓的“喜欢”，但是当他亲口说出他喜欢的人是李茉薇而非李茉莉的时候，我还是觉得，好难过。

就好像自己一直以来坚持的东西，突然就失去了意义。明明和祁炎关系比较好的人是我啊，小时候说要做他媳妇的人也是我，为什么他喜欢的却是李茉薇呢？

“喂，矮冬瓜，你怎么了？”沈煜夜终于发现了我的不对劲，反手抓着我的手腕，化被动为主动地停了下来。

“那个家伙是我姐姐，你应该听到了吧，她居然说我是笨蛋！她才是笨蛋呢，全世界最讨厌的大笨蛋！”我使劲吸了吸鼻子，然后抬起手几下抹掉脸上的泪痕，把自己烦恼的问题丢给了沈煜夜，“沈煜夜，你有喜欢的人吗？或者喜欢过谁吗？你知不知道怎么样才算是真的喜欢上了一个人？”

“这种问题我怎么会知道！”或许是我的目光太过炽热，沈煜夜有些不自在地别开了脑袋，耳根也隐隐有些泛红，“喜欢了就是喜欢了，笨蛋才去计较那些‘为什么’！”

根本不是我想要的答案嘛，说了等于没说！

唉，还是算了，我都已经知道祁炎不喜欢我了，还纠结自己到底是不是喜欢他干吗！就算喜欢也要马上把他忘掉才行，不然等以后他成了我的姐夫，我该如何自处？

“唉，沈煜夜，你看，那边有家陶艺馆，要不要进去玩玩？”说完，不等沈煜夜回答我就拉着他走了过去。

“欢迎光临！请问两位有什么需要？”刚推开门，店主立马迎了过来，带着笑的脸看上去很是亲切。

“我们要玩泥巴！”

我话一出口，便看见那店主的嘴角抽搐了几下，接着牵起嘴角扯出一抹僵硬的笑容带着我和沈煜夜去了里间，教我们如何用现有的东西做出精美的器具。

我对陶艺一窍不通，捣鼓了半天，磨盘上的陶土仍旧是一团看不出任何形状的土坯，反观沈煜夜，似乎玩得很是得心应手。

“喂，沈煜夜，你捏的那是什么啊？”

沈煜夜头也不抬，开口答道：“你。”

“那么丑，哪里像我了！”一来就尝试那么高难度的，他以为自己是玩泥巴的天才呀！

沈煜夜斜睨我一眼，冷冷地道：“你再敢有意见试试！”

好吧，我闭嘴，我继续玩我的泥巴！

“喂，李茉莉，你捏的那是什么破玩意？”我才刚把土坯捏出形状，沈煜夜就哇哇叫起来了。

“茉莉花呀！”别的捏不出来，捏朵花总行吧！

谁知道沈煜夜一听我捏的是花立马一脸的嫌弃：“就那一坨也好意思叫茉莉花？”

我立马反驳道：“花骨朵不行啊！”不服你来咬我啊，哼！

“就是不行！我都捏了你了，以示公平，你也必须捏一个我！”

“为什么你捏了我，我就必须要捏你啊？”太霸道了吧！而且是你自己要捏我的，又不是我叫你捏的！

“让你捏你就捏，啰唆什么！”

“捏就捏！”看我不把你捏成萝卜头、扫把头、菠萝头……

等沈煜夜捏的臃肿肥胖版李茉莉和我捏的竹竿菠萝头版沈煜夜终于可以送去烧制的时候，夕阳已经消失在地平线下了，我高兴得就差没手舞足蹈了。

“你很开心？”看着双手叉腰笑得很没形象的我，沈煜夜唇边竟浮现出一抹浅浅的笑。

“非常开心！”因为被奴役的一天终于结束了！

终于可以脱离沈煜夜的魔爪了，万岁！

3

菩萨保佑，恶灵退散！

我又是画十字又是双手合十闭眼祈祷，李茉薇看得相当无语：“李茉莉，你在干吗，被神婆附身了吗？”

同桌吃饭的祁炎也发现了我的不对劲，略带担忧地问道：“莉莉，怎么了？”

“没事，我只是有不好的预感。”从早上起床开始，我的左眼皮就一直不停地跳啊跳，像是抽筋了一样，让我没有理由不相信今天会遇到什么不好的事。

“神经病！”听完我的解释，李茉薇丢给我一个白眼便不再理我，转而继续跟祁炎水火不容。

看着从头到尾都保持着优雅笑容的祁炎，我终于还是接受了他喜欢李茉薇这个事实。以前是我一叶障目，只觉得祁炎性格太好，对谁都是笑眯眯的，哪怕李茉薇对他的态度再不好他也从来不怪她，却从没想过这到底是为什么，也没有探究过祁炎看李茉薇的目光和看别人有什么不同。

其实，只要稍微细心点就能发现，祁炎看李茉薇的目光是看别的任何人都没有的宠溺。

一直崇拜的邻家哥哥突然间就要变成自己的姐夫了，还真是让人伤感！

好了好了，李茉莉，别再想那些有的没的了，赶紧吃完早餐去学校上课，早日摘掉“倒数第一”这顶帽子！

我满怀着斗志背着书包去上学，谁知刚走进学校大门就踩到了香蕉皮，在众目睽睽之下华丽丽地摔了个四脚朝天。

“谁啊，香蕉皮不扔垃圾桶扔学校门口，还有没有一点公德心啊？”

我揉着摔疼的屁股从地上爬起来，因为找不到罪魁祸首，只能自认倒霉地捡起香蕉皮扔进垃圾桶里。

我以为这就算完了，谁知道自己居然因此成了人群的焦点，一路都有人指指点点，好像踩到香蕉皮摔倒是让人非常难以理解的白痴行为似的。

进入教学楼区域更是不得了，无数道利刃一样的目光齐刷刷地朝我看过来，让我禁不住一阵头皮发麻。

这是怎么了，为什么学校今天的气氛这么不同寻常？就好像我又回到了一夜间名字响彻整个星辉的时候！

古怪，绝对有古怪！

“哗啦——”

才刚走到教学楼下，一桶冷水突然从天而降，把我淋成了落汤鸡。

“谁干的！”浑蛋，倒水也不看时候，没看到楼下有人经过吗？

“抱歉啊，手滑了一下。”二楼一个拎着水桶的女生挑着眉得意地看了我一眼，然后拍拍手昂首离开，像只高傲的白天鹅。

手滑？鬼才信呢！我看她明明就是故意的！

闭眼，深呼吸，然后我像什么都没发生过一样朝自己班级走去。

“茉莉，茉莉！”我前脚刚踏进教室，伊小贝立马像只八爪章鱼一样贴了上来，两眼放光地看着我，“快快快，给我独家！”

“什么独家？”八卦社就那么缺新闻吗，连我这样的小角色都不放过！

“就是你和沈煜夜交往的事啊！”伊小贝根本不嫌弃我浑身湿漉漉的，拉着我就回到了座位上，拿出纸和笔就要开始记录，“亏我还当你是好朋友呢，你居然提都没跟我提过！”

我一头雾水，完全没听懂伊小贝的意思：“你在说什么啊？”

“还装傻呢！”伊小贝拿手肘撞了我一下，然后一脸八卦地看着我道，“你和沈煜夜是在交往吧，上周末去约会了吧？别不承认，有人拍到你们了，连照片都洗出来了！”

“什么呀！”我和沈煜夜交往？开什么宇宙玩笑！“你搞错了，我才没有和他在交往，周末也不是在跟他约会！”

“那你们干吗手牵手？还笑那么开心？”伊小贝皱了皱眉，拿出一沓照片在我眼前晃了晃，“看吧，铁证如山，现在全校都知道你们俩在交往了！”

我狐疑地接过照片，发现上面真的是我和沈煜夜，而且还是多角度全程跟拍，最最重要的是，照片里的两个人看上去异常亲密，如果主角之一不是我，甚至连我都会以为他们是关系很好的恋人！

这些照片，不会是PS的吧？看看这张，沈煜夜那张脸笑得跟花似的，明明他跟我在一起的时候都没有笑过！还有这一张，那眼神可以称之为“温柔”吧，可是沈煜夜那个动不动就喷发的活火山和“温柔”这个词有一丁点关系吗？还有这张，他侧着脑袋看着我笑是为什么？

越看我越不淡定，拿着照片的手都在发抖。照片里的人真的是沈煜夜吗？那个动不动就沉着脸扬言要揍我的沈煜夜？可是为什么照片定格的这些瞬间，沈煜夜看向我的眼神带着莫名其妙的……柔情？

“茉莉，茉莉？”见我在走神，伊小贝赶紧把我摇醒，“你应该还不知道吧，王子保卫团的人已经放话了，说要把你揍得连亲妈都不认识，因为凡是未经保卫团允许染指四王子的人，就是他们的阶级敌人，要不遗余力地消灭！”

我禁不住咬牙打了一个寒战。不知道我现在请假回家避难还来不来得及？

“李茉莉在哪儿？”

我正苦恼着，教室门口突然传来中气十足的一声吼，吓得我的小心肝跟着颤了两颤，然后颤颤巍巍地举起手道：“在、在这里……”

“又是你这朵呆花！”身材壮硕的甄小小学姐带着她的跟班又一次站在了我面前，大掌对着我的课桌使劲一拍，吓得我和伊小贝同时缩了缩脖子。

“甄、甄小小学姐，你、你好，又见面了，哈，哈哈，哈哈哈……”

甄小小二话不说，揪着我的衣领把我从座位上拽了下来：“我想我们需要好好‘谈谈’！”

“你、你要带我去哪里？”难道真的要把我揍得连我亲妈都不认识？“哇，小贝，伊小贝，救命啊——”

直到带我来到人迹罕至的后操场，甄小小才松开了揪着我衣领的手。

“说，单挑还是群殴？”

我“咕咚”咽了口口水：“什、什么意思？”

“意思就是，想要待在焰王子身边，必须通过我们的考验！”

我“咕咚”咽了口口水：“什、什么考验？”

“老规矩，想要继续待在焰王子身边，要么我们单挑，你能赢的话我保证以后都没人敢再找你麻烦；要么你被我们揍，直到我们解气！”

“我一点也不想待在沈煜夜身边！”我赶紧举手表明自己的立场，然后怯怯地问道，“这样，我可以回教室了吗？”

“当然不可以！”甄小小瞪着我咆哮，唾沫喷了我一脸，“说，你为什么不想待在焰王子身边？”

“我、我嫌弃他不行啊！”

谁想待在一个动不动就喷发的火山身边啊？

“什么？”甄小小听完我的解释，脸上的肉都在颤抖，“你这朵呆花居然还敢嫌弃我们的王子殿下，真是不可原谅！”

她的跟班整齐嘹亮地重复道：“不可原谅！”

“你、你们要做什么？”我吓得一屁股坐在地上。

“你说我们要做什么？”甄小小把她那张几乎有我两倍大的脸凑近我，我双手条件反射地就拍了上去，反应过来后立马道歉道，“对、对、对不起，我、我、我不是故意的……”呜呜，李茉莉，你是猪啊！

“臭丫头，你想挨揍想疯了吧！”甄小小的脸红了又绿，绿了又黑，“给我狠狠地揍她，不要客气！”

甄小小一声令下，跟班们的拳头便毫不客气地落在我身上。

呜呜，好痛，求求你们别打了……

救救我，谁来救救我……

“住手！”一个相当火大的声音传来，甄小小和她的跟班立刻收了手，

“该死的，到底谁给你们权利这么对她的？”

是沈煜夜？他怎么来了？是伊小贝告诉他的吗？

“夜、焰王子，我们……”甄小小急着辩解，却被沈煜夜打断。

“滚，别让我再看到你们！”说完，沈煜夜几步走到我面前来，“喂，李茉莉，快起来，别装死！”

“你、你走开啦！”要不是因为你，我怎么会被人揍成这样！

“该死的，你说什么？”近乎咆哮的发问，震得我的耳膜都在嗡嗡作响了。

“我、我流鼻血了……”我捂着鼻子，可怜巴巴地看着沈煜夜，“你看见会晕的……喂，你做什么？”不是晕血吗，干吗不离我远点，还把我抱了起来？

“别说话！”沈煜夜一把将我的脑袋按进他怀里，“看不见就没事了，你忍着点，我这就送你去医院！”

我立马被他感动得眼泪鼻血横流，然后全蹭在了他的衣服上。

“矮冬瓜，你给我适可而止一点！”

反正都脏了，有什么关系嘛！

4

看着镜子里那个包得跟木乃伊差不多的家伙，我开始第N次叹气。

医生都说了脸上的伤擦点药就行了，那个护士却给我的脸也缠上了绷带，还在我脑门上绑了个蝴蝶结，看上去要多蠢有多蠢！

“死变态，让你帮忙照顾李茉莉，你就是这么照顾她的？都被人揍进医院了！她要是有什么事，我跟你没完！”

是李茉薇的声音！只听她话音刚落，就和祁炎一齐出现在了病房门口。

“李茉莉，你怎么把自己搞成这副德行了？”一看到我连脸上都缠着绷带，李茉薇差点就哭出来了，“你是傻瓜吗，在学校里被欺负了也不知道回来跟我们讲！”

“你不要一来就凶我嘛……”难得关心一下我，就不能换个温和一点的方式吗？

李茉薇恨铁不成钢地戳了戳我的脑门：“谁叫你那么笨的！”

“很痛啦！”我撇了撇嘴巴，然后扑进李茉薇怀里，“李茉薇，他们打我……”

“笨蛋，别人打你你不知道还手啊！”李茉薇嘴上不饶人，双手却轻轻拍着我的背安抚着受伤的我。

我沉浸在这难得的温情里，吸了吸鼻子道：“可是，他们人好多……”

“咚咚。”

李茉薇张了张嘴想再说些什么，却被敲门声打断，我略显艰难地转过脑袋，见端木流正抱着花笑眯眯地站在病房门口。

“我可以进来吗，小茉莉？”

“请进。”端木流居然会来医院看我，这倒是让我很吃惊，“学长怎么来了？”

“听说你被人揍进了医院，所以来探望一下。”

端木流话音刚落，一个阴沉的声音便响了起来：“端木流！”

我这才注意到，端木流并不是自己一个人来的，和他一起的那个家伙……穿着长袖衣和长裤，手上戴着手套，脖子上围着围巾，脸上戴着口罩，眼睛被墨镜挡着，头上还戴着帽子，并且把帽檐压得很低，几乎是全副武装，没有一块皮肤是裸露在外的。

“沈、沈煜夜？”我看得目瞪口呆，他干吗把自己裹得这么严实，又不是什么天王巨星，出门会被狗仔跟拍！

“咦，这样都能认出来？”端木流故作讶异，眼底却是藏不住的笑意，“小茉莉，眼力不错哦！”

我“嘿嘿”笑了两声，一旁的沈煜夜却哼了一声道：“白痴！”

到底是谁把这个扫兴的家伙带来的啊，赶出去赶出去！

“明明很关心人家，你就不能说点好听的话吗？”端木流有些头痛地揉了揉额角，一脸的无奈，“真是个别扭的家伙！”

“连束花都没有，哪有这么看望病人的啊！”哼，一点诚意都没有！

沈煜夜立马反驳道：“谁说我没有！”

“在哪里？我怎么没看到？”明明就是两手空空来的，没诚意！

“就是这个啊。”端木流把他怀里的花递到了我面前，指着沈煜夜道，“他本来想自己送的，但是你也知道嘛，他对花粉过敏，都捂成这样了还是不敢抱花，没办法，只能把我押过来了。”

“端木流，你话太多了！”沈煜夜说着把手伸进了衣兜里，然后摸出什么东西扔给了我，“拿去，这才是我送你的！”

“什么呀？”我撇撇嘴，有些嫌弃地捡起沈煜夜扔过来的东西，才发现那是很小很小一束茉莉花，大概是在他衣兜里放的时间有点长，花朵已经失去了原有的生机，却仍旧散发着茉莉的清香。

眼前这个家伙真的是我认识的那个动不动就大声嚷着要揍我的沈煜夜吗？我很怀疑。

我吸了吸鼻子，然后冲沈煜夜笑得眉眼弯弯：“谢谢你！”

一想到他明明晕血还抱着鼻血流个不停的我到医院，明明花粉过敏却还是全副武装带了花来看望我，我就禁不住一阵感动。

这个家伙，这个家伙……干吗要这么让人感动嘛，真是的！

“有那么勉强吗？不喜欢就扔掉好了，你一副要哭不哭的表情算怎么回事？”沈煜夜烦躁地把帽子、墨镜、口罩和围巾都摘了下来，“该死的，你的反应让我觉得自己真像个蠢货！”

“谁说我不喜欢了！”我赶紧把那一小束茉莉花藏起来，生怕沈煜夜会把它们抢走，然后再一次笑着对他说道，“沈煜夜，你送的花我很喜欢，谢谢你！”

沈煜夜手插着裤袋，别过脸轻哼道：“那就好好收着。”嘴角却上扬成好看的弧度。

“喂，你们把我们当空气了吗？”在一旁被忽略的李茉薇颇不爽地开口，把大家的目光都吸引到了她那边，然后就见她伸手指了指端木流，又指了指沈煜夜，像是审犯人似的问道，“你，还有你，老实交代，和李茉莉是什么关系？”

“我和小茉莉只是单纯的学长和学妹的关系。”端木流一看到李茉薇眼睛就亮了，一个劲地朝她放电，“这位美女，有兴趣跟我约会吗？”

“端木流，你够了哦，那是我姐姐！”以前只是听说端木流是个超级花心的家伙，只要是长得漂亮的女生他都不会放过，今天我总算是领教到了！

“姐姐更好啊，大家都这么熟了，小茉莉你肯定不会介意我做你的姐夫的，对吧！”

“莉莉你真的不介意吗？”我才刚张开嘴巴，还没来得及说话，就听到祁炎的声音。

我转过头看着祁炎，却见他正笑得一脸无害地看着我，只是那眼神分明就是在告诉我，我要是说不介意，他就会很生气。

祁炎生气的样子我早就见识过，不是一般的吓人，几乎可以用“恐怖”来形容！

我“咕咚”咽了口口水，然后对端木流道：“我——很介意！”

“那还真是遗憾。”端木流耸耸肩，然后将视线移向一旁的沈煜夜，“阿夜，你的目的达成了，我可以功成身退回去继续约会了吧？”

沈煜夜颇不爽地瞪了他一眼，然后将目光移向我，皱眉道：“李茉莉，你的功课已经落下很多了，不想继续做倒数第一的话就给我赶紧好起来回学校上课……你放心，学校里不会再有人敢欺负你了。”

“嗯！”我狠狠地点了点头。这算是沈煜夜给我的保证吧！

“走了，端木流，你不是赶着去约会吗？”沈煜夜说完便转身朝门外走去，端木流跟我道了声“再见”便跟着他离开了，只是才跟上去就被沈煜夜嫌弃了，“浑蛋，你身上沾了花粉，离我远一点！”

端木流无语，却还是和他拉开了距离。

这算是男生之间的友谊吗？我忍俊不禁地看着他们，直到两人消失在视线里。

“回魂了，人已经走远了！”李茉薇伸出手在我面前挥了挥，脸上的表情相当八卦，“喂，李茉莉，你恋爱了哦！是那个看上去有点凶的男孩子对吧！”不是疑问句，是肯定句！

“什么呀，别胡说！”我才刚接受了祁炎做我的姐夫，哪里还有什么心情恋爱啊，更不要说对象还是活火山沈煜夜了，开什么宇宙玩笑！“他只是我的学长兼辅导老师而已！”

李茉薇的表情摆明了就是不相信：“那你们干吗一直在那儿眉来眼去的？”

“你！”什么叫“眉来眼去”啊，不会用成语就不要乱用好不好！

“好了，薇薇。”李茉薇还想继续火上浇油，还好被祁炎拦了下来，“莉莉现在还是病号，应该好好休息才是，我们就不要打扰她了。”

“那好吧。”李茉薇这回倒是没跟祁炎抬杠了，被他带着离开了病房，“我们改天再来看你啊！”

呼，世界终于清静了！

09

第九章

心跳大预言

1

期中考试已经近在眼前，可是我不会的题还有好多。

“报告沈煜夜老师，这道题我又不会！”

“该死的，你怎么那么多问题，上课从来不听讲的吗？”我的问题实在太多，沈煜夜似乎都有些招架不住了，颇为头疼地揉了揉额角，“拿过来给我看看！”

我双手把题册奉上，然后坐回自己的位子捧着脸看着沈煜夜，心里禁不住一阵感慨。原本以为沈煜夜会答应做我的辅导老师，不过是想借着职务之便报复和折磨我，一番相处下来才知道是我小人之心了。沈煜夜脾气虽然差了点，但是我每天的作业他都有仔细检查，刚开始的时候遇到不懂的问题我根本不敢问他，怕他会笑话我，但相处久了才发现他这个辅导老师相当称职，我有不懂的问题他都会为我解答。

从我把题册递给沈煜夜开始，他的眉头就没有舒展过，甚至还皱得越来越厉害，都快能夹死一只苍蝇了！当然，前提是有苍蝇敢飞到他脸上。

“啪”的一声，沈煜夜把题册扔回给了我，眼睛里几乎能喷出火来：“李茉莉，你脑袋里装的都是白菜吗？还是被猪啃过的那种！这么简单的题，你是真的不会，还是根本就没有动脑子想过？”

“我……”我被沈煜夜吼得懵掉了，只是呆呆地看着他，不知道该作何反应。沈煜夜今天吃炸药了吗？我出院到现在，他还是第一次这么凶我呢！

“再敢露出那种委屈的表情试试看！”沈煜夜拉开椅子径直走到我面前，指着我面前的习题道，“这里、这里还有这里，你一共问了我八个问题，但是你自己好好看看，再好好想想，哪一个题型是我之前没给你讲过的？你把我讲的都当耳旁风了吗？”

“我、我不知道……”他真的有讲过吗，怎么我一点印象都没有？

“不是不想继续做倒数第一了吗，那为什么遇到问题不会自己动脑子多想想？稍微有一点点不懂都要来问我！没错，现在我能帮你做完所有的题，但是你考试的时候又该怎么办，还指望我来帮你吗？”沈煜夜难得地叹了口气，然后抬起手揉了揉紧锁的眉心，“剩下的题自己做，做完之前不许开口讲话，讲一个字打一次手心！”

我瞪大眼睛看着沈煜夜，一脸的不满。什么规矩呀，太欺负人了吧！

“还敢瞪我？”沈煜夜眼睛里都快喷出火来了，却只是哼了一声道，“给你二十分钟时间，做不完同样打手心！”

只给二十分钟？太不近人情了吧，这么多题，我四十分钟都不一定能做完呢！

“还在那儿磨蹭什么，嫌时间太长了吗？”

我张了张嘴，但是一想到他说过讲一个字打一次手心，又赶紧合上，抓起笔埋头做题。

自己做就自己做，不许讲话就不许讲话，谁怕谁呀！

时间一分一秒地过去，沈煜夜宣布“时间到”的时候我刚好写完最后一个字。

“拿过来给我看看！”

我有些不情愿地把答好的题册递给他，然后等着挨骂。

果不其然，才不到半分钟时间，沈煜夜又朝我凶起来了：“李茉莉，你是猪吗，这么简单的题也能做错？”

我只是一脸委屈地看着他。我早说过不会了嘛，还偏要让我自己做！不会也要挨骂，做错了也要挨骂，哪有这样的道理啊！

“啪”的一声，沈煜夜双手撑着大红木桌站了起来，咬着牙阴森森地对我说道：“李茉莉，你最好是祈祷自己期中考试能进步至少十个名次，否则我一定会把你从这间屋子里丢出去！”

我“咕咚”咽了口口水。

至少十个名次？在精英汇聚的星辉学园？你还不如现在就把我丢出去呢！

不过抱怨归抱怨，该来的总还是要来，躲都躲不掉，比如期中考试。

不过大概是沈煜夜的辅导真的发挥了作用，又或者是幸运女神点了我的名，我在考试的时候发挥得异常好，简直可谓是下笔如有神助！

虽然做题的时候自我感觉良好，但是当成绩单发下来的时候，我还是觉得有些不敢相信，因为我竟然进步了二十多个名次！虽然成绩依旧排在倒数行列，但这样的进步对于半个学期都是倒数第一的我来说，无疑是巨大的进步！

终于摘掉“倒数第一”的帽子了！我要欢呼！我要歌唱！我要告诉所有的人，我，李茉莉，再也不是倒数第一了！

“咦，小贝，你怎么了？”看到同桌伊小贝哭丧着脸，我禁不住好奇地问道。

“呜呜，茉莉，怎么办啦……”伊小贝抱着我号啕起来，“我期中考试成绩倒数第一……呜呜，喻北初肯定更加不会喜欢我了，呜呜……”

“呃……你节哀！”作为一个刚刚才摆脱倒数第一的人，我还真是找不到合适的话来安慰这个新的倒数第一……

“我伊小贝才不是那么容易被打倒的人，就算是倒数第一也不能阻止我继续喜欢喻北初！”半晌后，伊小贝擦干眼泪，继续斗志满满，“茉莉，你这次进步那么多，沈煜夜功劳很大吧，要不要去谢谢他？”

对哦，我能摘掉“倒数第一”这顶帽子，并且还有了那么大的进步，沈煜夜可是功劳最大的人呢！要是知道我进步这么多，他应该也会很高兴的吧！

放学铃声一响，我收拾好东西立刻就朝学生会飞奔过去。

“咦，小茉莉？”我才刚走到门口就被端木流发现了，“你怎么过来了，今天不是不需要补习功课了吗？”

我探着脑袋朝学生会办公室里望去，只见端木流、伊圣昕和喻北初都在，唯独不见沈煜夜。奇怪，那家伙跑哪里去了？

见他们三个都把目光集中在我身上，我只得硬着头皮开口道：“我，我找沈煜夜……”

“哦——”端木流把尾音拖得老长，让我禁不住一阵头皮发麻，“可是他说你今天不用补习功课，所以提前走掉了。”

已经回去了吗？我心里一阵失落，本来还想好好谢谢他呢……

“阿夜吗？你不要那么凶嘛，吓到我没关系，吓到小茉莉就不好了！”端木流说着，竟将手机递给了我，眼睛都笑得眯成一条缝了，“有什么事，电话里跟他讲也一样哦！”

端木流的手机放在我手上像颗烫手的山芋，我看着屏幕上显示的“通话中”，禁不住一阵头大，谁要他自作主张给沈煜夜打电话了呀！

“喂，说话！”电话那头传来沈煜夜不耐烦的声音，吓得我差点就把端木流的手机给扔了，半晌后才拿起来放到耳边，磕磕巴巴地开口道：“喂……”

“喂什么喂，有话快说！”沈煜夜话音刚落，电话那头便传来一阵乒乒乓乓的声音，然后是沈煜夜的怒吼声，“沈星夜，你赶紧给我从楼上滚下来！”

见我半天不说话，电话那头的沈煜夜更加不耐烦了：“到底什么事，快说！”

看着旁边那三个表面上在翻阅文件实际上在偷听的家伙，我颇为艰难地开口道：“就是那个……我想谢谢你！”

“谢我？谢我什么？”

“谢谢你帮我辅导功课啊！”虽然这个家伙并不是个好老师，“我进步了二十多名哦！”

“这样啊……”沈煜夜的语气终于柔和下来了，“要谢我的话，明天早上八点半过来世纪公园。”

“去那里做什么？”

难不成又有什么“全民运动会”之类的活动要我参加？或者是要我任他差遣一天？

“叫你来你就来，废话那么多做什么？”末了，沈煜夜又加了一句威胁意味十足的话，“敢不来你就死定了！”

说完便挂断了电话。

我只得欲哭无泪地把手机还给了端木流。

我后悔了，真的后悔了，我可以收回那句要谢沈煜夜的话吗？

2

明明是周六，我却不得不起个大早，只草草吃了点东西就朝世纪公园赶去。

等我赶到的时候，沈煜夜已经等在那里了，胳膊上还“挂”着一个十岁左右的小正太，两人的表情如出一辙。

“怎么现在才来？”沈煜夜皱着眉，一脸的不爽。

“哥，你骗人！”沈星夜同样皱着眉，表情比沈煜夜更不爽，“你明明说过有漂亮姐姐陪我玩的，这个白痴大婶哪里漂亮了？”

我禁不住嘴角一阵抽搐。臭小鬼，又叫我大婶，我这么年轻，哪里像大婶啦?

“不是说要谢我吗？”沈煜夜丝毫不理会互相看不顺眼的我和沈星夜，扬了扬下巴对我说道，“正好沈星夜想要人陪他玩。”

“……所以你的意思是，要我陪这个一点也不讨人喜欢的小鬼玩？”

“谁是小鬼啊，谁要大婶你陪啊！”沈星夜冲我凶完便抱着沈煜夜的胳膊扭个不停，“哥，我不要她啦，我要漂亮姐姐，我要漂亮姐姐啦！”

“臭小鬼，你以为我想陪你玩啊！”还敢嫌弃我？“我走了，再见！”到底是谁比较嫌弃谁啊!

“站住！”沈煜夜一开口，我的脚便像被冻住了一样，再难移动一步。

“李茉莉，我给你辅导了那么久的功课，现在只让你陪我弟弟玩一天，你觉得很委屈吗？”沈煜夜说着把巴他身上的沈星夜一把扯了下来，“还有你，沈星夜，敢不听我的话就把你扔回英国去！”

“哇，不要啦！我不要回英国去啦！”沈星夜一听要把他扔回英国，立马哇哇大叫起来，“我听你的就是了，我让这个大婶陪我玩就是了！”

“是姐姐，姐姐！”这个臭小鬼，叫大婶叫上瘾了吗？

“谁要叫你姐姐呀，白痴大婶！”见我捋起袖子就要揍人，沈星夜赶紧跑到沈煜夜后面躲起来，“哥，你看你看，大婶她要揍我！”

“你们两个闹够了没？”我和沈星夜的不合作让沈煜夜头疼不已，“沈星夜，你的礼貌都学到哪里去了？”

沈星夜嘟起嘴道：“我不想叫她姐姐嘛，她的样子看上去好蠢！”

“你才蠢呢，你全家都蠢！”话一出口，我立马就后悔了，“不是不是，沈煜夜，你别误会，我不是那个意思！”

可是任我怎么解释，沈煜夜的脸还是黑得像是抹了厚厚一层锅底灰，咬牙切齿一字一顿地道：“再敢说一句试试看！”

我捂着嘴使劲摇头。我闭嘴，我不说话了。

看我吃瘪，沈星夜一脸得意：“看吧看吧，我就说她很蠢了！”

“你也给我闭嘴！”

我和沈星夜对视了一眼，然后“哼”了一声便各自别过头去。

沈煜夜买了三张通票，然后领着我和沈星夜进了公园。

已经十一月了，公园里仍旧绿意盎然，遍地开着香气馥郁的花，当然，最多的还是菊花，一簇簇一丛丛，肆意地绽放着。

“想玩些什么？”沈煜夜开口问道，目光却落在我的身上。

我刚想开口，却被沈星夜抢先：“云霄飞车、海盗船、碰碰车……”

沈星夜扳着手指一一道来，却被沈煜夜不客气地回绝：“不行！”

“为什么？”沈星夜眼睛瞪得老大，字字带泪地控诉着，“明明出门前你还说过可以随便玩的！”

“我还说过，有危险的除外！”

“不要这样啦，让我玩啦，我要玩啦！”沈星夜抱着沈煜夜的胳膊扭了半天，见沈煜夜一点反应都没有，立马改变战略一屁股坐在地上，开始耍起赖来，“不让我玩我就坐到天黑都不起来！”

我被沈星夜的行为逗得笑出了声，却被两兄弟同时瞪了一眼，只能忍住。

“那你就在这儿坐着，天不黑不许起来！”沈煜夜根本不受他威胁，双手环胸居高临下地看着他道，“还有，回去衣服自己洗。”

“你欺负我，呜……”见沈煜夜不买账，沈星夜立马大哭起来，“爸爸妈妈忙着做生意，从来都不陪我玩，我爹不疼娘不爱，还要被哥哥欺负，呜呜……我是卖火柴的小星星，我是没人要的小孩，我孤苦伶仃无依无靠，呜呜……”

听着沈星夜字字带泪的控诉，看着他撒泼似的行为，我终于忍不住开口对沈煜夜道：“沈煜夜，你就让他玩吧！”

一见有“杆子”，沈星夜立马顺着往上爬，抱着我的腿对沈煜夜道：“你们都不爱我，我不要跟你们姓沈了，我要跟姐姐姓李，以后我就是李家的星星，不是沈家的星星了！”

我脸上的肌肉禁不住一阵抽搐。谁家的孩子呀这是，赶紧来个人领回去！

已经有不少人对着我们指指点点了，沈煜夜头疼地揉了揉眉心，叹了口气道：“海盗船或者碰碰车，只能选一个！”

沈星夜撇了撇嘴：“我都想玩……”

“那就去坐旋转木马！”

“那我还是选海盗船吧！”沈星夜爬起来拍了拍身上的灰便跑到沈煜夜身边，重新“挂”在他的胳膊上，“喂，那边的白痴姐姐，快点跟上啦！”

臭小鬼，姐姐就姐姐，加个“白痴”干吗，很好听吗？

我们一行三人很快到了海盗船下，我犹豫了半天才开口问沈煜夜道：“我可以不上去吗？”

沈煜夜只是哼了声道：“你以为呢？”然后拉着我一起去排队。

很快便轮到了我们，我和沈煜夜一左一右地把沈星夜夹在中间。海盗船慢慢启动，沈星夜一脸激动，我则死死地闭上了眼睛。天知道自上一次从楼上掉下去还上了报，我从此就对这些高空游戏有了恐惧感！

海盗船摆动的幅度越来越大，速度也由缓变急，我只觉得自己像是处在大海之中，大浪一会儿将我冲上浪峰，一会儿又让我回到水平面，惊险万分，刺激异常，我甚至连自己的心跳都感觉不到了。

好不容易挨到时间结束，走下去的时候我的双腿都在颤抖，整个人轻飘飘的，像是失重了一般。

“接下来玩什么？”

这回不等沈星夜开口，我就抢着道：“打地鼠！”

沈星夜立马嚷嚷道：“谁要玩那么白痴的游戏啊！对吧，哥？”

沈煜夜沉思片刻，然后开口道：“那就去打地鼠吧。”

“不公平！”沈星夜嘴巴嘟得老高，都能挂上油瓶了，“我想玩什么你都不同意，这个白痴姐姐要玩打地鼠你一点意见都没有，太偏心了！”

尽管沈星夜一个劲地嚷，但是，反对无效！

打地鼠看上去很简单，但是不仅考眼力，还考反应和灵敏度，反应慢了或者不够灵敏，都是打不中地鼠的。

我将两个小锤中的一个递给了沈星夜，拍拍他的脑袋道：“来，我们一起玩！”

沈星夜虽不满，但是看了一眼沈煜夜后立马就合作了。

“这边这边！白痴姐姐你在看哪里呀，你那边啦！快，这边又冒出来了！”

每次看见地鼠冒出来要拿小锤敲的时候，沈星夜就在那儿嚷个不停，吵得我头都大了，哪还顾得上打地鼠呀，等时间结束一看统计，居然才打中十多个！

“都怪你呀，那么笨，叫你打这里你要打那里，看吧，才打这么几个！”

“你还好意思怪我？要不是你一直在那儿叽叽喳喳的，我会分神吗？”

“我那是在提醒你！自己反应迟钝还怪我？你们大人就知道欺负小孩子！”

“别吵了！”沈煜夜一手拉住一个，将吵得不可开交的我和沈星夜拉开，然后将我俩手里的小锤夺了去。

“你、你要干吗？”我和沈星夜“难兄难弟”抱作一团，一脸惊恐地看着沈煜夜。这个家伙，他该不会嫌我们太吵了，要拿这个敲我们吧？

“打地鼠！”沈煜夜从牙缝里挤出这三个字来，然后全神贯注地盯着机器，不再理会我们两个。

原来不是要对付我们的！我和沈星夜立刻松开对方，并且离对方一米远，然后盯着沈煜夜。

此时的沈煜夜脸上的表情前所未见地认真，眼神锐利得如同猎豹，只等地鼠冒出头来便迅速敲下去，打得地鼠“吱吱”叫个不停。

我和沈星夜看得目瞪口呆，因为沈煜夜的反应相当快，几乎没有漏掉一个！

沈星夜看沈煜夜的眼神已经彻底变成了崇拜，只等统计结果出来，立刻抱着沈煜夜大叫道：“哇，哥，你太厉害了！你是星星的偶像！”

沈煜夜弯起嘴角笑了笑，见我也对他竖起了大拇指，脸上的笑意逐渐加深。

3

“还想玩什么？”

沈星夜立马答道：“鬼屋探险！”然后一脸得意地看着我，像在跟我比抢答速度一样。

我立马反对道：“那么可怕的地方，一点也不适合小孩子玩好不好！”

沈星夜看了看我，又看了看沈煜夜，眼珠子转了转，然后拉着沈煜夜道：“哥，我有悄悄话要跟你说！”说完便拉着沈煜夜朝远处走去，还瞪着我警告道，“白痴姐姐就在这里等，不许跟来偷听！”

切，谁稀罕偷听啊！

不一会儿，沈星夜跟沈煜夜便讲完了悄悄话，沈煜夜心情大好地对我扬了扬下巴道：“走吧，我们去鬼屋探险。”

“不要！”天知道我最怕的就是鬼了，“那么恐怖的地方我才不要去！”

“你忘了你今天是来做什么的了？”沈煜夜眯眼警告，然后一只手牵着沈星夜一只手拉着我就朝鬼屋的方向走去，一点商量的余地都没有。

可恶的小星星，他到底跟沈煜夜说了什么，居然能说动沈煜夜带他去鬼屋玩！

已经走到门口了，我仍然不愿意进去，抱着门口的柱子死不松手，沈星夜恨铁不成钢地指着我的鼻子道：“白痴茉莉姐姐胆子真小，假的鬼也怕！”

激我也没用！我才不要进去！

“哼，那你就别怪我不客气了！”沈星夜说完便伸手挠我腰上的痒痒肉。

我本就怕痒，被沈星夜这一挠，抱着柱子的手立马就松开了，沈煜夜顺势便将我拖进了鬼屋。

可恶的沈家兄弟，没你们这么耍赖皮的！

我气愤不已，察觉到有人在拍我肩膀，立马狠狠地瞪了回去，谁知道刚转过头就看到一张惨白的脸冲我笑得阴森森的。

“哇，有鬼呀！”我惨叫一声，转过头就要朝出口跑去，却不知道被什么东西给绊了一下，整个人不受控制地向前扑去，而这时候，听到我的叫声的沈煜夜刚好转过身来，于是我便像饿虎扑食似的扑到了沈煜夜身上。

沈煜夜还算讲义气，见我扑向他也没有退到一边去，而是用他的血肉之躯接住了我，而后踉跄着后退了几步，总算稳住了。

“怎么回事？”

“有、有鬼哇！”我死死地抱着沈煜夜，根本不敢抬头，生怕那只“鬼”还在那里。

“胆子还真是小！”沈煜夜低低地笑了声，然后轻轻拍了拍我的背道，

“已经被你的叫声给吓跑了。”

“真的？”我有些怀疑，小心翼翼地转过脑袋朝后望去，见刚刚那只“鬼”果然已经不见了，这才放心地舒了口气。

“喂，白痴茉莉姐姐，你还要抱着我哥多久呀？”

“哈？”我有些没反应过来，直到意识到我和沈煜夜的距离有多么近，才发现自己的双手竟抱着沈煜夜的腰。

“那个，沈沈沈煜夜……对不起，我不是故意的，刚才那个，有鬼！对，有鬼！”我立马将抱着沈煜夜的双手抽了出来放到自己背后，一脸窘迫地跟他解释着，生怕沈煜夜被我占了便宜会冲我发火。

“嗯，我知道，有鬼。”意料之外的，沈煜夜并没有发火，只是淡淡地道，“手给我。”

“干、干吗？”难不成因为我抱了他，他要砍我双手泄愤？哇，不要哇！

“你不是害怕吗？手给我，我牵着你。”

我的嘴巴立马张成了“O”形。他他他，沈煜夜他没吃错药吧？他不介意我占了他便宜就算了，还要保护我？我我我，我真的是好感动啊！

我眼泪汪汪地将手伸出来放在沈煜夜手心，沈煜夜立马反手握住，然后牵着我继续朝前走。

沈煜夜的手很大很温暖，牵着我的手并没有用多大力气，却让我觉得自己是在被他保护着的，一股暖流从他的手心一直流向我的心里。因为有了他，鬼屋似乎也没有那么可怕了……

走出鬼屋，我长长地嘘了口气，然后狠狠地瞪向一旁的沈星夜。都怪这个小星星，玩什么不好要玩“鬼屋探险”，害我被吓个半死不说，还差点摔倒！想到这里，我又想到了沈煜夜的腰，手感真的不是一般的好啊，好想再摸摸……喂，李茉莉，赶紧打住，你什么时候变得这么色啦！

“喂，白痴茉莉姐姐，你还不放开我哥的手！”

“啊？”我这才反应过来，自己竟然还牵着沈煜夜的手！不是他牵着我，是我牵着他！

“那个，谢谢你啊！”我赶紧把自己的手抽回来，低着头不敢再看沈煜夜。

好丢人哦！被“鬼”吓得扑进沈煜夜怀里就算了，居然还牵着他的手一直不放！神啊，我到底是怎么了，怎么可以一次又一次地占沈煜夜的便宜！

气氛突然变得好尴尬，沈星夜看着沈煜夜，沈煜夜看着我，我不知道看哪里，只好硬着头皮问道：“接下来去哪儿？”

“没什么好玩的了，去陶艺馆吧。”沈煜夜嘴角一直上扬着，似乎心情很好，“去把之前做的东西取回来。”

臃肿肥胖版李茉莉和竹竿菠萝头版沈煜夜？

我禁不住恶寒了一下，却还是点着头说：“好。”

刚走出世纪公园，沈星夜又嚷起来了：“哥，我要吃冰激凌！”

沈煜夜皱了皱眉，然后将目光移向我：“李茉莉，你要什么口味的？”

“香草！”我立马答道。哇，真好，还有冰激凌吃！

“不公平！”沈星夜一脸愤愤地戳着沈煜夜，“明明是我先说要吃冰激凌的，你不先问我想要什么口味的，却先问那个白痴茉莉姐姐，太偏心了！明明我才是你弟弟！”

又关我什么事了？小孩子就是小孩子，什么东西都要争！

“少废话！要吃什么自己去买！”说完沈煜夜便拉着沈星夜朝甜品站走

去。

不一会儿，一大一小两个人就走回来了，沈煜夜顺势把他手里的香草味甜筒递给了我。

“我哥给我买了两个哦，白痴茉莉姐姐你只有一个！”沈星夜一脸得意地“啊呜”咬了一大口，冻得牙齿都在打战了还不忘跟我炫耀。

我无奈地摇了摇头，果然是个小孩子！

“咦，沈煜夜你没有吗？”我舔着手里的香草味甜筒，一脸的幸福，却发现沈煜夜两手空空，什么都没有。

沈煜夜轻嗤道：“只有女人和小孩子才喜欢那种甜到发腻的东西！”

我看了看自己手里的甜筒，再看了看抱着两个冰激凌冷到牙齿打战还一脸得意的沈星夜，若有所悟地点了点头。

“白痴茉莉姐姐，不许打我的冰激凌的主意！”沈星夜一看我在看他，立刻大口大口地把其中一支吃掉，冻得脸都僵了还不忘狠狠地瞪我一眼。

好吧，沈星夜，你赢了！

4

“这两个东西好丑啊！”臃肿肥胖版的李茉莉和竹竿菠萝头版的沈煜夜才刚拿到手上，沈星夜就发表意见了。

我和沈煜夜同时嘴角抽了抽。小星星，你可以不这么直白地评价我们的作品吗？

“交换！”沈煜夜说着便把我手中的竹竿菠萝头版沈煜夜抢了过去，同时把他手里的臃肿肥胖版李茉莉塞进了我手里。

“喂，你干吗抢我东西？”

沈煜夜哼了一声道：“捏的是我，这个当然应该是我的东西！”

我瞪着沈煜夜：“你不照样捏了我吗？”

“所以我把我捏的你给你了。”沈煜夜相当无赖地道。

这是什么强盗逻辑？太无耻了吧！

刚走出陶艺馆，一直“挂”在沈煜夜胳膊上的沈星夜立马抛弃了他，挥着手大声喊道：“安雅姐姐！”

我和沈煜夜同时转过脑袋，只见不远处一个打扮得相当漂亮的女孩子朝我们这边挥了挥手，然后迈着优雅的步伐朝我们走来。

是安雅，那个曾经说要跟我交朋友的星辉学园的第一校花！可是沈星夜怎么会认识她？

“小星星，好久不见了！”安雅一走过来便拍了拍沈星夜的脑袋，然后捧着他的脸仔细端详了一阵，“越来越帅了，一定迷倒了很多小女孩吧！”

“但是我一个都不喜欢，因为她们都没有安雅姐姐漂亮！”沈星夜臭屁得不行，见我一脸好奇地盯着他们看，立刻有些不爽地皱起了眉，“白痴茉莉姐姐，你干吗一直盯着我和安雅姐姐看？”

“啊，那个……”见安雅也把目光移向了我，我有些尴尬地摸了摸后脑勺道，“好巧啊，学姐！”

“确实巧。”安雅依旧笑着，目光却移向了沈煜夜，“夜，你说对吧？”

沈煜夜皱了皱眉，语气很是不爽地问安雅道：“你怎么在这里？”

“都说了呀，碰巧。”安雅说着又看了看我，目光里有太多道不明的情绪，这让我心里禁不住有些发慌，好像自己做错了什么事一样。

“那个，学姐，你别误会，我、我和沈煜夜，我们、我们也是碰巧遇到的！”我语无伦次地解释着，生怕安雅会误会我和沈煜夜。打从安雅第一次出现在我面前，我就知道她和沈煜夜关系不一般，但具体不一般到什么程度，我又说不上来，不过把自己和沈煜夜撇开一点总是没有坏处的！

“那还真是‘巧’了！”安雅眼底的笑意逐渐加深，然后对一旁看热闹的沈星夜道，“这么久没见，小星星想我了没？”

“当然了！”沈星夜点头如小鸡啄米，对安雅的态度和对我的态度简直是天差地别，“除了我哥，星星最想的就是安雅姐姐了！”

“真乖！”安雅亲昵地伸手捏了捏沈星夜的脸，“那要不要跟姐姐去玩呀？”

沈星夜猛点头，然后抬头望着沈煜夜，一脸的希冀。

“夜，不会介意弟弟跟我去玩吧？”安雅看了看沈煜夜，又看了看我，脸上的笑容依旧不减。

我心里越来越不安。安雅笑得那么开心，是不是代表她很生气？而她生气的原因是不是发现我在撒谎？她知道我是特地来陪沈星夜玩的，所以气沈煜夜叫来的人不是她？

见安雅真的要把沈星夜牵走了，我赶紧叫住她：“那个，学姐，还是你和沈煜夜带小星星玩吧，我、我要回家了！”说完我便转身，招呼也不跟沈煜夜打一个就要离开。

“我有说过你可以回家了吗？”沈煜夜手长脚长，几步就追上了我，捉着我的手腕不让我走，“留下来！”

“我、我……”我心里愈加慌乱，根本不敢抬头看沈煜夜，“还是让学姐陪你弟弟玩吧，我……我下次再谢你好了！”我不知道哪里来的力气，竟一下子挣开了沈煜夜的手，然后头也不回地朝着街道另一头跑去，尽可能地远离他们。

“该死的，你给我回来！”

沈煜夜气急败坏的声音传进我耳中，我却假装没听到，只是一个劲地朝前跑着，连什么时候眼眶湿了都不知道。

沈煜夜到底在想什么啊，明明沈星夜那么喜欢安雅，要找人陪他玩，安雅是最好不过的人选了，为什么硬要拖着我来？还被安雅撞见，真的，真的好丢脸！

心情差到极点，我甚至都不知道自己是怎么回到家的。

“咦，李茉莉？”正在看《动物世界》的李茉薇一脸讶异地看着我，“你不是一大早就出去约会了吗，怎么这么早就回来了？”

“谁跟你说我是去约会啦？”我狠狠地瞪她一眼，然后“啪嗒啪嗒”地踩着楼梯上楼，进房间之前忍不住又加上一句，“我才没有约会呢！”

还约会呢，我明明就是去被沈煜夜奴役的，被他欺负还不够，还要被他弟弟欺负，甚至还被安雅误会，我真是……我到底招谁惹谁了呀我！

我将自己整个捂进被窝里，直到觉得呼吸不畅了才又掀开被子把脑袋露出来。

李茉莉，你这是怎么了？不就是被人误会了嘛，又不是什么大不了的事，干吗这么不开心呢？这可一点都不像你呀！

我躺在床上望着天花板，沈煜夜皱眉的表情和安雅看似开心的笑脸一直在我脑海里盘旋，怎么也挥不走。

“啊——”我烦躁地抓过床头的书盖在脸上，使劲摇了摇头，试图把那些恼人的情绪全部赶走。

这个方法果然很有效，才没多久，我的烦恼就被头晕给代替了，于是赶紧停止了摇脑袋的白痴行为，把盖在脸上的书也拿了下来。

咦，《心理测试》？这不是李茉薇前几天翻来覆去看的书吗，怎么跑我这里来了？

我一脸狐疑地翻开，正好翻到某页被蹂躏得惨兮兮的“恋爱100问”，觉得挺有意思的，便继续看了下去。

1.看到这道题的时候，你第一个想到的人是谁？如果用一种颜色形容TA，你会选什么颜色？

第一个想到的人？沈煜夜一直在我脑子里转来转去的，就他吧！用什么颜色形容他？他的脾气那么火爆，刚认识他的时候他的头发也是惹眼的红，那就红色吧！

想好之后，我立刻翻页去看答案，只见书上清清楚楚地写着：若TA为异性，选择红色代表你心里已经把TA当成了你的恋人。

什么，恋人？我惊得差点把手里的书给扔掉。什么破书啊，分明就是在乱写！我和沈煜夜一直不对盘，虽然最近关系小有改善，但是他在我眼里仍旧是个动不动就张牙舞爪的恶魔，我怎么可能会把他当成恋人！

可是明明知道不准，我还是忍不住继续往下看，但是越看到后面我越震惊，因为凡是我第一个想到的是沈煜夜的题目，测试的结果都是我喜欢上他了！

我完全陷入了震惊中，而那本测试书也已经被我扔得远远的，就好像它是什么毒蛇猛兽，生怕被它咬上一口。

我喜欢上沈煜夜了？

上帝做证，这绝对是不可能的事！

10 第十章 说谎的灰姑娘

1

期中考试结束之后便是大家一直期盼的秋游。

秋游的地点选在离市区很远的小渔山——与其说是山，倒不如说是岛来得更准确，因为它四面环水，要到达那里，必须乘坐好几个小时的轮船。

而学校之所以会把秋游的地点选在小渔山，据说是董事会每年都会为春游和秋游的选址问题争得头破血流，于是上一任校长便想出了一个折中的办法，就是和小渔山的居民签下协议，学校固定每年4月和11月下旬带学生出游，食宿则由岛上的温泉山庄负责。

行程总共是四天，不过因为出发时间晚，小渔山又非常大，登岛之后也没有别的交通工具可以代步，所以第一天晚上要在岛上露营。为了安全起见，学校将两个年级的学生编排到了一起，并随机分成两到三人一组。

如果只是同年级的分组倒还好，无论跟谁分在一组都无所谓，但学校偏偏要将两个年级的人混编，这可就苦了我了，因为不知道是不是上天嫌我的生活还不够精彩，硬是把我和安雅还有沈煜夜给分到了一组！

上帝爷爷，您是在跟我开玩笑吗？为什么别人都是男生和男生或者女生和女生一组，到了我这里就成了男女混合，并且同组的还都是和我不怎么对盘的人？

头顶的天空蓝得像是被水洗过一般，我心里那片天空却布满了乌云，并且时不时电闪雷鸣。

我期待已久的温泉之旅，还没开始就已经被毁得面目全非了……

出发的时间定在早上十点半，可是学校还是要求我们八点半钟就集合，先是用了半个小时不到的时间，从服装到食物再到户外用具给每人发了一套，然后是我们尊敬的校长大人冗长又无趣的讲话——无非就是提醒我们注意安全啦，不要误食路边的瓜瓜果果啦，要相互扶持啦之类的，一直讲到台下哈欠声一片才终于作罢。

背上大包包，登上学校准备的豪华大巴，我特意选了最后一排的位子，并且做贼一样尽量往角落里缩，就怕被人注意到，尤其是沈煜夜和安雅。

“嗨，茉莉！”两手空空的安雅一上车便眼尖地发现了我，笑得甜甜地向我招了招手，然后径直朝我坐的位子走过来，“旁边的位子还没人坐吧？”

我僵着脖子点了点头，不明白她问这个做什么，难不成她想挨着我坐？

“夜，这里这里！”安雅朝刚上车的沈煜夜挥了挥手，拿着两个大包包的沈煜夜便皱着眉头朝我这边走了过来。

“正好茉莉旁边的位子空着，你就坐这儿吧，我去前面！”说完，安雅便侧过身子让沈煜夜坐到了我旁边的位子，然后迈开优雅的步伐去前面找了个空位坐下。

这、这又是什么情况？安雅和沈煜夜的关系不是很特别吗，为什么她不和沈煜夜一起坐得离我远远的，而是让沈煜夜坐在我旁边，她自己却另外找了个空位？

“嗨……”直到大巴开动，沈煜夜也不说话，为了打破这尴尬的沉默，我只能硬着头皮跟他打招呼。

沈煜夜只是淡淡地瞟了我一眼，然后重重哼了一声，似乎对我那一声“嗨”相当不屑。

“那个……那天对不起啊，我、我一定会找机会补偿你的！”答应了要陪沈星夜一天当作对他的感谢，我却在根本没有征得他的同意的情况下就跑掉了，他一定很生气吧。

沈煜夜仍旧只是哼了一声。

他不说话只哼哼到底是什么意思啊？我都道歉了，也承诺要补偿他了，他还要怎样啊？

眼角的余光瞥到坐在斜前方的安雅正歪着脑袋朝我和沈煜夜的方向看过来，我赶紧低下了头，装作和沈煜夜不熟的样子，心里却禁不住一阵慌乱，脑海里自动浮现出他俩上车时的情形：安雅两手空空，沈煜夜却拿着两个大包包，其中一个是替安雅拿的吧……

想到这里，我赶紧摇了摇头。他们两人的关系明显“不一般”，沈煜夜会帮安雅拿东西也是理所当然的事，我在这里失落什么呀，难道还真的像那本破心理书上说的，我喜欢上沈煜夜了吗？

使劲拍了拍脑袋，将脑子里那些莫名其妙的想法全都甩开，我将注意力全都移向了外面的风景。

十一月，秋意已经特别浓了，在市区或许还感受不到，但是随着大巴离市区越来越远，秋天的感觉也越来越明显。

道路两旁的白杨树的叶子几乎要落光了，只剩下光秃秃的树干，看上去异常萧瑟，略显苍白的日光斜射下来照在我身上，暖洋洋的，让人禁不住有些犯困。

我靠着窗户闭上了眼睛，迷迷糊糊中似乎有人将我的脑袋转向了另一边，枕在了谁宽厚温暖的肩膀上，我想睁开眼睛，却被困意包裹得严严实实，便只是寻了个舒服的位置沉沉睡过去了。

也不知道睡了多久，一阵吵嚷声将我吵醒。

我抬了抬眼皮，睁开眼睛见大家都已经拿着包准备下车了，这才反应过来已经到地方下车换乘轮船了，赶紧准备起身，却发现头顶上有双眼睛正盯着我看，目光炽热得让我觉得自己快要燃烧起来了！

我的表情僵在了脸上，傻傻地看着沈煜夜不知道该作何反应。我记得自己明明是靠着窗户睡的，为什么醒过来却发现自己的脑袋靠在了沈煜夜的肩膀上？有没有人能来为我解答一下疑惑？

“醒了？”沈煜夜半眯着眼睛看着我，话语里透出丝丝危险的气息，“睡得还舒服吗？”

“对、对不起！”我赶紧道歉，却不想脑袋一低、一扬，一下子撞到了沈煜夜的下巴，疼得我眼泪都要冒出来了。再一看沈煜夜，他的表情似乎比我还要痛苦，见我揉着脑袋在看他，立马狠狠地瞪了我一眼。

“那个，对、对不起，我、我真的不是故意的！”怎么办，把沈煜夜的肩膀当枕头枕了那么久，现在又撞了他的下巴，他会不会忍不住揍我？呜呜，不要啊，我又不是故意的……

“该死的，你知不知道有的时候我真的很想揍你？”沈煜夜咬牙切齿地看着我道，黑眸里几乎要喷出火来，“还愣着干吗，不想下车了？”

我“咕咚”吞了口口水，然后拿着包包一脸委屈地跟着沈煜夜下车。

这才刚刚开始呢，沈煜夜就忍不住想揍我了，接下来的三天，我又该怎么度过？

我期盼已久的温泉之旅啊，为什么一定要有这个恶魔来搞破坏？

2

晕了好几个小时的船，我们终于到达了目的地——小渔山。

要怎么形容这座岛比较合适呢……很大？非常大？大得出奇？好吧，我承认我词穷了。

“茉莉，把你的包也给夜吧！”一上岸，安雅就笑眯眯地走过来挽住了我的胳膊。

“这……不太好吧……”沈煜夜已经拿了两个人的包了，要是再把我的包给他，会不会显得有些欺负人？

“要是连这点能耐都没有，他还算什么男人呢？”说着，安雅便把目光移向了沈煜夜，“你说我说得对不对，夜？”

我禁不住在心里捏了一把汗。敢用这样的语气和沈煜夜说话的人，我还是第一次见到，不由得对安雅生出了几分崇拜来。

果不其然，沈煜夜听了安雅的话，一张俊脸立马黑得像是抹了厚厚一层锅底灰，却出乎我意料地并没有发火，只是沉着脸开口对我说道：“给我。”

“啊？”我一时没反应过来，只是瞪大眼睛看着他。

“把你的包给我。”见我半天没反应，沈煜夜有些不耐烦地催促道，

“快点！”

“哦哦……”我立马点头如小鸡啄米，然后把包递给沈煜夜，对安雅的崇拜也上升到了新的高度。

能让沈煜夜如此听话的人，大概也只有安雅了吧，对沈煜夜来说，她一定是很特别的存在吧……这样想着，我的鼻子竟忍不住有些泛酸。

笨蛋李茉莉，人家相亲相爱又不关你的事，你在这儿酸个什么劲啊！

使劲敲了敲自己的脑袋，把那些不该有的情绪全都赶走，我这才跟上沈煜夜和安雅的步伐，大踏步朝着目的地走去。

远离了城市的喧嚣，才刚登上岛没多久，耳畔就传来了婉转动听的鸟叫声，偶尔几只色彩斑斓的蝴蝶飞过，更为这片树林增添了一抹灵动。

岛上的温度恰到好处，既不冷也不热，入眼一片郁郁葱葱，阳光透过细密的树叶斑驳地洒落一地，留下浅浅的痕迹。越往树林里面走，地上的落叶越厚，踩在上面还会听到“沙沙”的声响，让人心情不自觉地变得愉快起来。

“沈煜夜，你累不累？”一路上都能听见别组的女生喊累，沈煜夜虽然是男生，但是一个人拿着三个人的包，估计也够呛吧！

“不累。”沈煜夜淡淡地答道，然后头也不回地继续朝前走，反而是安雅回过头冲我笑了笑：“茉莉，你很关心夜哦！”

我的脸腾地一下红了个彻底，赶紧摆手跟安雅解释道：“不是！那个，我，那个……我饿了！”

“哎呀，差点就忘了！”安雅像是终于想起了什么似的猛地拍了一下额头，“夜，快拿点吃的给茉莉，她晕船，上船之后一直在吐，从早上到现在还什么都没吃呢！”

沈煜夜皱着眉回头看了我一眼，然后从其中一个包里拿出了水和食物递给我，有些不耐烦地道：“快吃，吃完继续赶路！”

什么嘛，对安雅言听计从，对我却凶巴巴的，差别待遇不要这么明显好不好！

“哇！居然是牛奶，还有草莓蛋糕！”我对沈煜夜的不满在拆开了食物的包装盒后全部转化成了惊喜，“学校不是只发了矿泉水吗？为什么会……”

“一定是夜看你什么东西都没吃，悄悄带下船的！”安雅说着便将目光移向沈煜夜，眼里带着狡黠的笑意，“是这样的吧，夜？”

我立马感动得泪眼汪汪地朝沈煜夜看过去。安雅说的是真的吗？

“废话那么多！”沈煜夜瞪了安雅一眼，随即将头转向一边，脸上却浮现出了不自然的红晕。

“沈煜夜，你对我真好！”我一边啃着美味的蛋糕，一边感慨道，完全忘记了自己刚才是怎么腹诽差别待遇的。

“哎呀呀，夜现在终于也会关心人了呢！”安雅就坐在离我不远的地方啧啧感叹道，“想当初，他是个态度多么恶劣的家伙呀，每次玩游戏都是玩到一半就不见人影了！”

沈煜夜立刻一脸鄙视地回道：“谁叫你从小到大就只会玩捉迷藏，每次我都等到睡着了你都找不到我！”

“那也怪我啊？谁叫你每次都藏到那么出乎我意料的地方！”

……

看着沈煜夜和安雅旁若无人地拌着嘴，我却一句话也插不进去，我的心里竟莫名其妙地划过一丝苦涩，就连草莓蛋糕似乎都失去了香甜的味道，变得不再诱人。

原来安雅和沈煜夜从小就认识的啊，难怪沈星夜会那么喜欢她，难怪沈煜夜会那么听她的话……

想到这里，我又想到了我和祁炎，明明我们也是一起长大的，明明我和他的关系要好得多，可是他喜欢的人是我的姐姐李茉薇……这样想着，我心里禁不住一阵伤感。

“吃完了没？吃完了就快起来赶路！”

沈煜夜不耐烦的声音将我已经飞去外太空的思绪拉了回来，我赶紧几大口解决了手里剩下的半块蛋糕，然后起身拍掉身上的落叶，跟着沈煜夜的步伐继续朝目的地走去。

天色渐渐暗了下来，原本离我们还有些距离的几支队伍坚决要和我们同行，安全起见，沈煜夜并没有拒绝他们，不过因为那几支队伍的队员几乎都是女生，一凑到一起，吵闹的程度连麻雀都会自叹不如，而原本紧跟着沈煜夜的我和安雅也被他们挤到了人群的最外面！

“沈学长，我是一年级的艾米，旅行结束之后可以一起去看一场电影吗？”

“沈学长，我是一年级的白薇薇，我非常仰慕你，可以告诉我你的手机号吗？”

……

女生们一个接一个地介绍起了自己，仿佛这并不是旅行，而是联谊会！

“吵死了！”不知轮到谁的时候，沈煜夜终于受不了，凶神恶煞地将其打断，吓得那个女生差点当场哭出来。

刚才还吵闹得像菜市场一样的树林，经过沈煜夜这么一吼，立马静得只有脚踩树叶发出的声响。呼，终于清静了！

秋游的第一个夜晚就在这样的氛围中来临，大家寻了处树木稀疏的缓坡，一起动手腾出了一块空地，捡了些干柴点了一堆篝火，接着便开始搭帐篷。

“哎呀哎呀，真是讨厌！这个东西到底要怎么弄啊？”女生甲从包里拿出篷布，却根本不知道该如何下手。

“还要搭帐篷吗？”女生乙的表现更为夸张，“天哪，那种东西里面也能住人吗？晚上一定会做噩梦的！”

“怎么办啊？除了化妆品，其他的东西全都被我扔掉了！”女生丙比女生乙的表现还要夸张，“我还以为今天就可以到温泉山庄呢！”

……

人群一下子变得躁动起来，大家哭的哭，吵的吵，闹的闹，更有甚者还一直嚷嚷着要回家。

“都给我闭嘴！”沈煜夜粗着嗓子大吼一声，女生们一下子便安静了下来，“把你们背包里的篷布拿出来，我负责搭帐篷，你们去附近找些干柴和石块回来。记住，不可以走太远。”

“李茉莉，你和安雅留下。”我才刚站起身就被沈煜夜给叫住了，“我需要人帮忙固定帐篷。”

因为是同组的关系，沈煜夜留下我和安雅帮忙，倒也没有激起太多的不满。

毕竟把篷布扔掉的人并不多，所以搭帐篷还是用了不少时间和力气，当最后一个帐篷搭好时，我已经累得快直不起腰了。

真不知道学校到底是让我们来旅游放松的，还是在搞野外生存训练！

3

第二天快到中午的时候，我们终于到达了住宿点——小渔山温泉山庄。

“茉莉，我们去泡温泉吧！”一到温泉山庄，安雅立马拉着我去山庄提前为我们准备的房间换了衣服，然后去温泉池泡温泉。

据说山庄里的温泉都是天然的，而且富含矿物质，多泡一泡对身体可是非常有好处的！

“茉莉，你觉得夜怎么样？”正舒舒服服地泡在温泉里，安雅突然开口问起了我对沈煜夜的感觉，吓得我差点整个没进水里。

犹豫了半晌，我有些忐忑地反问她道：“你是想听真话还是假话？”

安雅沉思片刻，然后对我说道：“先听听真话吧！”

“那好吧。”我深吸了一口气，然后旁若无人地数落起了沈煜夜的不是来，“他自大自恋自以为是，高傲自负目中无人，脾气又坏还喜欢欺负人……”一口气说到嘴巴都快冒烟了，我这才顿了顿道，“大概就是这样吧。”

“原来夜在你眼里这么差劲呀，他还真是可怜！”安雅不住地摇头叹气，而后便为沈煜夜抱起不平来，“但是你不能否认他也有很多优点啊。”

“咦，他还有优点吗？”我一脸疑惑地看着安雅。

安雅皱着眉想了一会儿，然后一脸纠结地开口问道：“长得帅算吗？”

“大概，算吧……”如果这都不算，他就真的什么优点也没了！

我和安雅无奈地对视，接着便一起捂着肚子大笑起来。

原本以为看到我和沈煜夜走那么近，安雅会很不开心，没想到竟完全不是那么回事呢。思及此，我对安雅的那点戒备终于完全放下了。

泡过温泉，吃过山庄为我们准备的鲜鱼大餐，接下来便是自由活动时间了。

本打算美美地睡上一觉，把昨天晚上因为住不惯帐篷失眠失掉的觉给补回来，谁知道才刚吃完饭就被沈煜夜叫住了。

“李茉莉，跟我来一下。”也不管我愿不愿意，沈煜夜拉着我的手腕就朝外面走去。

“喂，沈煜夜，你要带我去哪里？”

“让你来你就来，哪里那么多废话！”

沈煜夜拉着我一直走到山庄后院，终于松开了对我的钳制。

“你带我来这里做什么？”我一脸疑惑地看着这片空间并不算大的地方，没觉得沈煜夜有非得带我来这里的理由。这个恶魔，他到底又想玩什么花样？

“你等一下！”沈煜夜说完便丢下我跑开，大概过了半分钟的样子又折了回来，只是身边多了……一辆自行车？

“你这是……”我丈二和尚摸不着头脑，搞不懂沈煜夜推着一辆自行车做什么。

“你会骑，对吧？”

看着沈煜夜手中那辆比我的小公主车的个头大了不少的老式自行车，我勉强点了点头。他问这个想做什么？难道又要我骑车载他，还是用这种二八圈的？

“告诉我，这东西是怎么操作的？”

“啊？”我惊讶地张大嘴巴看着沈煜夜。我没理解错的话，他是要我教他骑自行车吗？

“喂，李茉莉，你那是什么表情？”沈煜夜一脸不爽地看着我，眉头皱得都能夹死苍蝇了，“还愣在那里干吗，快点过来教我！”

“哦哦哦……”我听话地走到他旁边，开始教他骑自行车，“你先坐上去，一只脚踩着踏板，一只脚踩在地上……别两只脚都踩上去，不然会摔倒的！好了，双手握着车把……别握车闸！对，就是这样，另一只脚也踩着踏板，控制好车龙头，试着往前骑……”

一般来说，新手学骑自行车都要有人在后面扶着以免摔倒，但是沈煜夜选的车是二八圈的，再加上他自己个头也不小，就我这小胳膊小腿的，力气根本不够看，所以，为了避免他摔倒的时候被殃及，我尽量离他远远的，恨不得爬到树上去。

“喂，李茉莉，你离那么远做什么？”见我只是远远地指挥，已经摔了好几跤的沈煜夜彻底不高兴了，“有你这么做老师的吗？”

“你一个人摔，总比我们两个一起摔好吧！”

“你说什么？”沈煜夜听了我的话立刻炸毛，眼睛里几乎要喷出火来，二话不说扔下车子几步走到我面前来，凶神恶煞地揪住了我的衣领。

“你你你，你要做什么？”不是吧，难道这样就要动手打人？这么没品的事也做，沈煜夜，我鄙视你！

“做什么？当然是要跟你‘好好交流’一下！”说着，沈煜夜嘴角露出一丝“残忍”的笑来，然后拽着我走到那辆老式的二八圈自行车面前，单手将之扶了起来，然后扬着下巴对我说道，“坐到后座上去！”

什么？要我坐后座？沈煜夜疯了吗？他连自行车怎么骑都还没学会就要载我？

“我、我不要！”我宁愿骑车载他，也不要坐后座让他载我！太没安全感了！

“不要？”沈煜夜半眯着眼睛看着我，嘴角挂着一抹冷笑，“那你是想坐前面横梁？”

横梁？那不是情侣专属的吗？我和沈煜夜又不是……

知道拗不过沈煜夜，我只得耷拉着脑袋，特没骨气地回道：“我还是坐后座吧……”

沈煜夜松开了我，长腿一跨便坐上了车座，然后扬着下巴冲我道：“上来！”

我深吸了一口气，然后视死如归地坐上了沈煜夜自行车的后座，在他开始踩踏板的时候伸出双手死死地抱住了他的腰。死就死吧，反正还有个垫背的！

沈煜夜用了很大力气控制车龙头，但车子行进的路线仍旧是“S”形。毕竟是新手，连车都还没学会骑就载人了，沈煜夜的身体绷得僵直，连我都能感觉到他的紧张。

“沈、沈、沈煜夜，你慢、慢、慢点！”坐他的车太没有安全感了，我的心都悬到了嗓子眼。

沈煜夜立马粗着嗓子冲我吼道：“闭嘴！”

我立马识相地闭上嘴巴，只是刚才沈煜夜因为说话分了下神，一下子没掌握好平衡，我们俩便连人带车一起摔到了地上。

“该死的！”沈煜夜低咒一声，然后转头看着我，眉宇间似乎有些担忧，“李茉莉，你怎么样，摔到哪里没？”

我摇了摇头，接着嘴巴一瘪，眼泪就流出来了：“都说了不要坐你的车了，这下好了，你高兴了吧！”自己倒霉就算了，还硬要拉着我一起！

“对不起……”

“什么？”是我听错了吗，沈煜夜居然跟我道歉？太阳打西边出来了吗？

“算了。”沈煜夜说着站了起来，将自行车扶了起来，接着便推着车头也不回地离开，就好像我根本不存在一样。

“喂，沈煜夜，你去哪里？”

我急得跺脚，却不知道该不该跟上去。

明明就是他硬要载我的，摔倒了又不是我的错，他闹什么别扭呀！

什么人呀，真是的！

4

一直到第二天下午，沈煜夜才又出现在了我面前，并且骑着那辆老式的二八圈自行车。

“上来。”沈煜夜冲我扬了扬下巴。

我愣了一下，然后傻笑着问道：“我可以说‘不’吗？”

沈煜夜双手环胸，半眯着眼睛看了看我，然后冷笑道：“你觉得呢？”

我吞了吞口水，然后极不情愿地朝他走过去。昨天才载着我摔了一次，难道他觉得没摔过瘾，还要让我跟他一起再摔一次？这是什么烂癖好啊！

“你是乌龟吗，走路那么慢！蜗牛都能超过你了！”

那是因为你的技术太菜了，太让我嫌弃了！我在心里不满地嘀咕。

走到沈煜夜身旁狠狠吸了一口气，我正准备往后座上坐，沈煜夜一脸不爽地对我说道：“谁让你坐后面的，坐前面来！”说着还指了指前面的横梁。

我难以置信地瞪大眼睛看着他：“坐、坐前面？”那个位子可是情侣专属的啊，沈煜夜他难道不知道？

“既然听清楚了，就别让我重复。”说着，沈煜夜松开一只手腾出空间给我，“上来！”

“那个……我还是坐后面好了！”犹豫了半天，我还是无视了沈煜夜那快要喷出火的眼睛，一屁股坐上了自行车后座，“走吧！”

“浑蛋，你是在挑战我的耐心吗？”沈煜夜火山喷发，吼声震得我的耳膜都要破了：“让你坐前面你就坐前面，你以为我在跟你商量吗？”

我揉了揉有些发疼的耳朵，不满地问道：“为什么一定要坐前面？我们又不是那种关系！”

“那种关系？”沈煜夜眉头皱得都能夹死苍蝇了，“你说的是什么关系？”

“情侣呀！”该不会他真的不知道吧？

“咯咯……”沈煜夜难得地红了脸，拳头放在唇边轻咳了几声，而后一脸戏谑地看着我道，“李茉莉，你暗恋我呀？”

“谁、谁暗恋你啊！”我的脸像是被番茄砸到，红了个彻底，“神经病！”

沈煜夜也不跟我计较，只是皱着眉道：“那你干吗那么在意我们是什么关系？还是说你在等我跟你告白？”

“才、才没有！”什么跟什么呀，他的想象力可不可以不要那么丰富？

“那你还在那里磨蹭什么？上来！”

“不要！”我果断拒绝。我们又不是情侣！

“该死的，我说过我没有在跟你商量！”沈煜夜的耐心已经全部耗尽，抓着我的胳膊就把我拽到了前面，将我圈在他的胳膊和自行车横梁中间，将脸凑近我道，“我不能保证载着你不摔倒，但是如果你坐前面，就算摔倒，我也能保护你不受伤。”

我愣愣地看着沈煜夜，莫名地，一股暖流自心底涌出。

原来沈煜夜硬要我坐前面是担心我会受伤！这个家伙，能不能别让人这么感动啊！

“上来！”说着，沈煜夜毫无温柔可言地将我提起来放在了自行车前面的横梁上，我一点心理准备都没有，差点没坐稳摔下去，情急之下只得一把抱住沈煜夜的腰，而后不客气地冲他吼道：“沈煜夜！”

沈煜夜倒也不生气，只是闷笑了几声，双手捏着车把将我整个环在他怀中，然后踩着脚踏板前进。

“坐好，出发了！”沈煜夜的声音就在我耳畔，距离近得我的心跳都有些不规律了，双手也不知道该往哪里放，却听见沈煜夜带着笑的声音传进我耳朵里，“我允许你继续抱着我。”

我的脸顿时红了个彻底：“谁、谁要抱你呀！”然后双手改抱他的腰为抓着他的衣服。

沈煜夜只是笑，然后踩着自行车踏板载着我出了山庄。

沈煜夜骑自行车的技术比起昨天来说可谓有了质的飞跃，不仅没有再像昨天一样一直扭.“S”形，而且在岛上这并不算宽阔平坦的路上也骑得相当稳。

岛上的空气异常清新，出了山庄没多久就能听见清晰的鸟叫声，让我的心情不自觉地变得好了起来。

“我们这是要去哪里？”我侧过脸看着沈煜夜，却不想差点碰上他高挺的鼻子，一想到他的脸近在咫尺，禁不住脸红心跳。

我这是怎么了，为什么一靠近沈煜夜就觉得脸红心跳？明明以前和祁炎哥靠得更近都没有这样过，难道真的像心理测试讲的那样，我喜欢上沈煜夜了吗？

可是，真的喜欢上一个人的话不是都只会看到他的好、忽略他的不好吗？为什么在我眼里，沈煜夜除了偶尔让我感动一下，依旧跟往常一样像个恶魔？

“李茉莉，我技术还不错吧！”

我已经飘远的思绪被沈煜夜拉了回来，禁不住一阵鄙视，他就不能好好回答我的问题吗?

“快说!”沈煜夜说着又开始扭“S”形,“我技术好不好?”

“好好好,好得不得了!”我吓得一把抱住了他的腰,“你,你骑慢点!”这个家伙怎么跟小孩子一样,那么喜欢被表扬!

“这还差不多!”沈煜夜低低地笑了声,然后心情大好地道,“你第一次来这儿吧?我带你在岛上好好转转!”

“可是我比较想回去睡觉……”离开家里的床我就睡不着,昨天晚上又没睡好,现在正困着呢,再说了,谁要和这么没安全感的家伙一起在岛上转啊!

沈煜夜立刻咬牙道:“李茉莉,我真想掐死你!”

“那我做鬼也不会放过你的!”我不服气地哼了哼,紧接着惊叫起来,“沈煜夜,石头,前面有块大石头,小心……哇啊啊!”

因为沈煜夜按刹车不及时,自行车前轮撞在了石头上,接着便不受控制地连车带人朝前摔去。

“疼疼疼——”

虽然摔出去的时候沈煜夜护住了我,但我还是不小心擦伤了胳膊。

“李茉莉,有没有怎么样?”见我龇牙咧嘴地揉着胳膊,沈煜夜的表情立刻由担心变成了懊恼,“该死的,怎么还是受伤了!”

“只是擦破了点皮,不严重的!”我一抬头,表情立刻变成了惊恐,颤抖着手指着沈煜夜道,“沈、沈、沈煜夜,你的脸在流血!”大概是摔下来的时候只顾着保护我,沈煜夜的脸被划破了一道口子,现在正流着血。

神啊,难道沈煜夜又一次因为我而“毁容”了?不要啊!

沈煜夜愣了一下，然后抬起手就要去擦，我赶紧抓着他的胳膊制止了他，却发现他胳膊上的伤比脸上严重多了，衣袖都被血浸湿了！

“沈煜夜，你坚持住！”见沈煜夜的脸色已经有些泛白，我赶紧扶着他往回走，“就算要晕也等回去了再晕！”不然他那么大的块头，我怎么拖得回去！

沈煜夜咬牙道：“李茉莉，你真的很欠揍！”

我只是冲他翻了个白眼，然后扶着他继续往回走。

过了差不多二十分钟的样子，我们终于回到了温泉山庄，安雅见我们一身狼狈，讶异地问道：“你们俩跑出去打架了吗？”

“学姐，他受伤了，拜托你去找一下医药箱！”能坚持到现在还没有晕过去，沈煜夜，你好样的！

“怎么回事？伤得重不重？”一听说沈煜夜受伤，安雅立刻紧张起来，“怎么搞的，居然连脸上都是伤！”

“女人，你很啰唆！”沈煜夜颇不爽地皱起了眉，“只是破了皮流了点血而已，消下毒擦点药就没事了，至于脸上的伤……”沈煜夜顿了顿，然后若有所指地看着我道，“又不是第一次破相了，用不着大惊小怪的。”

我有些心虚地缩了缩脖子。沈煜夜说的没错，我果然是倒霉星来的，要么就是跟他八字犯冲，每次遇上我他都会出状况！

很快，安雅拿来了医药箱，动作熟练地替沈煜夜把伤口都处理好了，沈煜夜却连声“谢谢”也不说，只丢下一句“我去换衣服”就离开了。

真是个没礼貌的家伙！

“茉莉，听夜说你也受了伤，来，胳膊伸过来。”

我听话地挽起袖子，将手臂伸了过去。安雅还真是温柔又贴心呢！

“茉莉，能问你一个问题吗？”安雅一边为我消毒上药一边问道。

我点点头：“当然可以！”

“你——”安雅抬起头看着我，表情严肃而认真，“喜欢夜吗？”

“你、你别误会，我、我才没有喜欢沈煜夜呢！”我霍地站了起来，着急地跟她解释，“真的，你相信我，我一点都不喜欢他的！”只是为什么会有种越解释越心虚的感觉？

“啊，这样啊……”安雅的表情似是有些失望，而后瞪大眼睛看着门口，“夜？”

我条件反射地回过头，只见沈煜夜脸色相当难看地站在门口，眼神是我从未见过的冰冷，半晌后才自嘲地笑了笑：“看来是我自作多情了。”说完便头也不回地转身离去。

“沈、沈煜夜……”我下意识地想要去追，却被安雅拦了下来。

“既然不喜欢，还追什么？”安雅的表情也不知道是幸灾乐祸还是等着看好戏，“让他自生自灭去吧！”

“学姐……”我咬咬唇，不知道该怎么辩驳。

安雅一边收拾医药箱一边打趣地问道：“怎么，后悔了？”

“我、我不知道……”

我真的，不喜欢沈煜夜吗？可是为什么刚刚看着他离去的背影，会觉得……心有些痛？

我只好又把问题丢回给了安雅：“学姐你，你喜欢沈煜夜吗？”问完这个问题，我一脸紧张地看着她。

“喜欢啊！”安雅想都没想就给出了答案。

既然安雅喜欢沈煜夜，沈煜夜又那么听安雅的话……

那么夹在他们中间的我，究竟算什么？

11 第十一章 恋爱倒计时

1

秋游回来之后，沈煜夜便再没给过我好脸色，这让我异常郁闷。

“唉……”

不知道第多少次叹气之后，同桌伊小贝终于受不了地冲我嚷嚷：“茉莉，你们话剧社最近的剧本是关于林妹妹的吗？”

我无精打采地回道：“没有啊，怎么了？”

伊小贝险些抓狂：“那你一天到晚学什么林黛玉，装什么忧郁啊？”

我只是摇了摇头，然后继续叹气。

伊小贝彻底抓狂了，抓着我的肩膀使劲摇晃，半晌后才停下来问道：“你和沈煜夜最近怎么样了？”

我深深地看了伊小贝一眼，然后继续叹气。

自从秋游回来，沈煜夜对我的态度来了个一百八十度的大转弯：以前是动不动就发火要揍我，现在是整天顶着张冰块一样的脸，都快赶上喻北初那座万年不化的冰山了！

伊小贝皮笑肉不笑地看着我：“李茉莉，我真的好想掐死你！”

“沈煜夜也和你说过同样的话。”见教室里的人快要走光了，我赶紧收拾好课本跟伊小贝道别，“我还得去学生会补课，先走一步啊！”

一想到要继续面对冰块一样的沈煜夜，我就禁不住打了个哆嗦。

神哪，求求你把以前那个我熟悉的、虽然动不动就火山喷发但是偶尔也会关心人的沈煜夜还回来好不好？

推开学生会办公室的门，里面的沈煜夜已经等得有些不耐烦了："怎么现在才来？"

我赶紧道歉："对不起对不起，我保证下次不会了！"

"没有下次了。"

"什么？"我心里"咯噔"一响，什么叫"没有下次"了？他决定放弃我了吗？

"辅导时间是两个月。"沈煜夜面无表情地看着我，不带一丝感情地道，"今天是最后一天。"

最后一天吗……我张了张嘴，可是喉咙里像是有什么东西哽住了一样，一个音节也发不出来。

"终于可以摆脱我了，你应该很高兴吧。"沈煜夜自嘲地笑了笑，"忍了我这么久，真是难为你了……该死的，你哭什么？"

"我、我不知道……"我使劲揉了揉眼睛，可是眼泪还是不住地往外掉。

我该高兴吗？或许吧，这不是我之前一直希望的吗？可是心里那不断溢出的难过又是在说明什么？

沈煜夜，沈煜夜，沈煜夜……呜呜，怎么办，我真的一点都高兴不起来！

"该死的，别哭了！"沈煜夜烦躁不已，忍了又忍才没有大声凶我，"你知不知道你哭起来有多难看？"

“有谁规定难看就不可以哭吗？”反正他都要不管我了，我干脆豁出去了。

“你！”沈煜夜瞪着我，眼睛里几乎要喷出火来。

“我怎样？”我不服输地瞪回去，“我知道我不温柔不漂亮哭起来还很难看，但那又怎样，你以为人人都是安雅学姐吗？”

“你提她做什么？”一听我提安雅，沈煜夜愈加火大了。

“又想揍我了吗？”我使劲吸了吸鼻子，将那些快要溢出眼眶的泪水硬生生逼了回去，气呼呼地鼓着腮帮子看着他，“那就动手呀，别光说不练！”

“浑蛋，你在挑战我的耐心吗？”说着，沈煜夜竟真的抡起拳头朝我挥了过来。

我以为沈煜夜只是做做样子，所以根本就没想过要躲；沈煜夜以为我一定会躲开，所以根本没怎么控制力道。于是，我的脑袋结结实实地撞上了他的拳头，险些被他给揍飞出去。

好多星星……好多小鸟……头好晕……嗡嗡嗡的，这种天气还有蜜蜂吗?

沈煜夜完全傻掉了，半晌后才试探着开口道：“李茉莉？”

我好半天才缓过神来，愣愣地看着沈煜夜，然后“哇”地放声大哭起来：“沈煜夜，我讨厌你！全世界最讨厌你！浑蛋！大浑蛋！”

“李茉莉！”沈煜夜也慌了，几步走上前来抓住我的胳膊，张了张嘴，却什么也没说。

“我讨厌你呀，大浑蛋！”说完，我低下头一口咬在他手上，沈煜夜的手刚松一点，我立马拔腿就跑，头也不回。

“该死的，你给我回来！”

谁要理你啊！连女生都打的可恶家伙，太没道德了，太恶劣了！

再理你我就是小狗！

一口气回到家，我“啪嗒啪嗒”地踩着楼梯上楼，正在房间里做作业的李茉薇探出头不满地冲我吼道：“李茉莉，精神病院的墙被你推倒了吗？”

我狠狠瞪她一眼：“所以把你给放出来了！”

李茉薇立马冲我翻起了白眼：“神经病！”

我继续瞪：“你才是神经病，你全家……不对，我们全家就你一个人是神经病！”

李茉薇无语，然后起身走到门边看着我：“李茉莉，你今天吃炸药了啊？”

“我吃的炸弹行不行？”说完，我“砰”地将门锁上，留下李茉薇在外面嚷嚷。

一进房间，我就将自己埋进被窝里，直到觉得呼吸有些不顺畅了才掀开被子。

我伸手摸了摸脑袋上被沈煜夜揍过的地方，才发现居然都鼓起包了！那个浑蛋，他到底是用了多大的力气啊？对我的意见就这么大吗？

想到这里，我又禁不住一阵懊恼。我怎么就那么傻啊，明知道沈煜夜的力气杀牛都够用了，居然还主动送上去给他揍！我真是个笨蛋，天字第一号大笨蛋！

烙烧饼似的在床上折腾了好一阵，我的视线无意中落在窗户边那个臃肿肥胖版的李茉莉身上，一看到它又想到了行径恶劣的沈煜夜。

这么丑的东西，我还把它留着干吗呀！我气呼呼地走到窗户边，直接把它扔进了垃圾桶里，然后相当解气地哼了声，就好像我扔掉的不是沈煜夜做的东西，而是沈煜夜一样。

只是才过了半分钟不到，我又折回去把臃肿肥胖版李茉莉从垃圾桶里捡了起来。

毕竟这是沈煜夜做的，要是哪天他不高兴了跟我算账，要把他的东西拿回去，我上哪儿去给他赔一个一模一样的啊！再说了，虽然东西是沈煜夜做的，却是用的我的形象，我才不要把自己扔掉呢，就算要扔，也是扔被沈煜夜强行抢走的竹竿菠萝头版沈煜夜！

可恶的沈煜夜，可恶可恶可恶！

2

即使沈煜夜已经不是我的辅导老师了，我们见面的机会仍旧很多，因为还有社团活动。

“小茉莉，听说你被阿夜揍了？”我跟沈煜夜闹翻的第二天，端木流一看见我便好奇地凑了过来。

我一脸黑线地看着他：“学长，你很八卦耶！”不去八卦社真是太可惜了！

“八卦是人类的天性嘛！”端木流不以为耻反以为荣地道，“来跟学长分享一下，到底是怎么回事？”

“你去问沈煜夜啊！”自己送上门去给人家揍已经很丢脸了，我才不要讲出来给别人笑话，“你们不是好哥们嘛！”

“可是阿夜不肯告诉我呀！”端木流无奈地摊手，然后笑眯眯地看着我道，“你也是当事人，你告诉我也一样啊！”

我深吸了一口气，然后一脸严肃地看着他道：“学长，你这是在揭人伤疤，是把自己的快乐建立在别人的痛苦之上，是很无耻的行为！”

端木流仍旧笑眯眯的：“正是因为我无耻，才更显得你无私嘛！”

真是无语了。半晌后我张了张嘴想说些什么，却被沈煜夜打断：“端木流，你很闲吗？”

“我只是来关心一下被你的魔掌摧残后的娇花现在怎么样了。”

沈煜夜瞪了他一眼，然后皱眉朝我看过来：“李茉莉，你……没事吧？”

我抬起手摸了摸脑袋上鼓包的地方，然后重重“哼”了一声。有没有事，你也被人揍一拳不就知道了！

“啊，都鼓起包了呢！”端木流唯恐天下不乱地啧啧感叹着，“阿夜你还真下得去手！这么不懂怜香惜玉，会交不到女朋友的哦！”

“闭嘴！”像是被踩中了痛脚，沈煜夜粗着嗓子朝端木流吼道，“做你的事去！”

“好吧。”端木流不无遗憾地推开话剧社的门走了进去，只是才走了没几步，又回过头来对沈煜夜道，“阿夜，要记住你是男人，就算再生气，也不要对女人动手。”

“端木流！”真是哪壶不开提哪壶，沈煜夜已经到暴走的边缘了。

而端木流只是妖娆一笑，然后便不再理会马上就要火山喷发的沈煜夜，转身继续走。

“浑蛋！”沈煜夜看着端木流的背影低咒一声，然后侧过头看着我，眉头都快拧成麻花了，“喂，李茉莉……”

“我也进去了。”说完我便绕过沈煜夜走进了话剧社。连女生都打的浑蛋，谁要理你啊！

沈煜夜有脾气没处发，又不能当着这么多人的面再揍我一顿，只得低咒着一脚踹向话剧社的门。门没事，不过他的脚有没有事就不得而知了。

整整一节课的时间，沈煜夜一直沉着脸，好像谁欠了他几个亿没还一样，社团里的气氛空前紧张，大家都小心翼翼的，生怕惹得沈煜夜火山喷发，只有我和端木流把他当空气。

好不容易挨到社团活动结束，我收拾好道具正准备离开，却被沈煜夜挡住了去路。

“麻烦让一下，谢谢！”

我一开口，沈煜夜立马火山喷发：“浑蛋，你到底要怎样？”吼声震得天花板上的灰尘都掉下来了，社团里本来还有几个人没离开，听见沈煜夜这一声狮子吼，也吓得赶紧跑掉了。

“我、我没有想怎样啊……”又不是我的错，凶什么凶！

沈煜夜瞬间暴走，怒道：“那你在跟我闹什么别扭？”

“我才没有闹别扭！”我只是在生气，生气懂不懂！

“李茉莉，你知不知道你真的很欠揍！”沈煜夜咬牙切齿地道。

我也怒了：“你已经揍过我了！”我脑袋上的包现在还没消呢！

“对不起……”

“什么？”我转怒为惊。沈煜夜这是在跟我道歉？

“我说，对、不、起！”沈煜夜一字一顿，表情相当不耐烦，“现在满意了吗？”

“有人道歉还咬牙切齿的吗？”我一脸的嫌弃，“没诚意！”

沈煜夜立马跳脚：“浑蛋，我都已经道歉了，你还想怎样？”

“心不甘情不愿的，也能叫道歉吗？”哪有人道歉还这么凶巴巴的，“要微笑，微笑懂吗？”不过我真的怀疑，沈煜夜懂什么叫“微笑”吗？

“李、茉、莉！”果不其然，沈煜夜火山再度喷发，只是在我以为他会凶巴巴地冲我吼的时候，他居然迅速变脸，微笑着跟我说，“对不起！”

这大概是我第一次在沈煜夜脸上看见这么纯粹而真诚的笑容，一时间竟呆住了。该怎么去形容他的笑容呢？大概就像夏日里的凉风，轻易地就带走了我心中的焦躁和烦闷。

我定定地看着沈煜夜，心跳不受控制地失去了规律，而心中某个角落不知何时埋下的种子，终于在此刻破土萌芽。

“这样可以了吗？”沈煜夜笑得脸都要僵掉了，“还要我继续笑下去吗？”

我禁不住嘴角抽搐：“呃，你还是别笑了……”皮笑肉不笑的，怪吓人的！

“你！”沈煜夜狠狠瞪我，“我笑起来很难看吗？”

我终于被沈煜夜给逗乐了，“扑哧”笑出了声：“没有没有，你最好看了！”

“好假！”沈煜夜说着竟将手伸过来扯我脸皮，“歉也道了，笑也笑了，总该消气了吧！”

我立马得寸进尺：“除非你保证以后不会再揍我！”

“我保证。”沈煜夜低头看着我，一脸认真地说，“不会再有下次。”

“这还差不多！”得到了想要的答案，我立马咧开嘴傻笑起来，“原谅你了！”

我们这样，算是和好了吧？

心情大好地回到家，却看到李茉薇一脸纠结地坐在沙发上看她最不喜欢的山寨偶像剧，我跟她打了个招呼便准备上楼写作业，却被她神经兮兮地叫住了。

“李茉莉，我有话要跟你说！”

我一脸疑惑地看着她：“什么事？”李茉薇不是最喜欢跟我抬杠的吗，今天这是怎么了？一点也不像李茉薇了！

“李茉莉，你……”李茉薇咬了咬唇，然后深吸了一口气问道，“你喜欢祁炎吗？”

“喜欢啊！”我从小就喜欢祁炎哥，她又不是不知道，问这个干吗？

见李茉薇突然变得紧张起来，我立刻明白了她所谓的“喜欢”是什么意思，于是笑着跟她解释道：“就像对亲哥哥一样喜欢！”

李茉薇愣了一下，然后不确定地问道：“只是对哥哥的那种喜欢？”

我重重点了点头，然后一脸八卦地凑近她问道：“喂，李茉薇，你恋爱了吧？对象是祁炎哥对不对？”

李茉薇立马红着脸瞪我："狗仔队都没你这么八卦！"

"八卦是人类的天性嘛！"借用一下端木流的话，可别说我盗版哟！

"你不也一样在恋爱！"李茉薇轻嗤道。

"胡说，我才没有！"

"没有？怎么可能！"李茉薇"切"了一声，表示根本不信我，"上次在医院里跟你眉来眼去的那个帅哥，难道你还没有拿下他？"

"他……"想到沈煜夜，想到他身边还有个安雅，我禁不住叹了口气，"我跟他，才不是你想的那样呢！"

"那是怎样？难道只是单纯的学长和学妹的关系？你骗谁呢？"李茉薇恨铁不成钢地戳了戳我的额头，"李茉莉，咱俩可是一个娘胎里出来的，你那点心思我会猜不透？老实跟我交代，你是喜欢他的吧！"

"我……我喜欢也没用啊，他身边还有安雅学姐呢！"

"你傻呀！喜欢就去追呗，管他身边有谁，球队还有守门员呢，球不是照样进！"李茉薇说着愈加用力地戳我的额头。

"可是……"

"可是什么？瞻前顾后的，哪里像我李茉薇的妹妹了！"李茉薇急得都快跺脚了，"喜欢就去告白，不管结果如何，至少你努力过了！"

"但是……"

"李茉莉！"李茉薇双手"啪"地拍在我肩膀上，难得正经地看着我，"勇敢一点！我和祁炎有多不容易才走到一起，你永远也不会知道，而我甚至差一点就错过他了，所以，我不要你像我一样活在纠结和痛苦之中。去告白吧，大不了就是失恋，大不了就是难过地哭一场，没什么了不起的！"

李茉薇的话让我大受鼓舞，我重重点了点头道：“我明白了！”

3

考虑了好几天，我终于决定，在平安夜那天跟沈煜夜告白！

据说，在圣诞节前夕向二十四个不同姓氏的人各要一毛钱，用收集到的这二十四毛钱给自己的心上人买一个寓意“平安”和“健康”的苹果，看到他咬下一口，那么就可以和他在一起，并且幸福。

一到学校，我立刻拉住伊小贝问道：“小贝小贝，有一毛钱没有？”

“我找找看！”伊小贝也不问我要来做什么，直接把她的书包翻了个底朝天，竟真的翻出了一个一毛钱，然后写上她的姓递给我，“喏，给你！”

我一把抱住她：“小贝，你真好！”

“一般一般啦！”伊小贝笑得眉眼弯弯地道，“茉莉，祝你成功哦！”

“咦，你知道我要做什么？”我一脸讶异地看着伊小贝。

“这是星辉的传统啊，在圣诞节前向二十四个不同姓氏的人各要一毛钱，然后用收集来的钱买一个‘平安果’，在平安夜那天送给自己喜欢的人，如果对方收下并当着你的面咬下一口，就代表对方接受了你的告白。”伊小贝说着一脸的憧憬和向往，然后抬起手使劲拍了一下脑门，“哎呀，我差点就忘记了呢！茉莉茉莉，你那儿有多余的一毛钱没有？给我给我！”

我相当无语地翻出一毛钱给了伊小贝。这个告白的方法还是我好不容易在网上查到的呢，还以为会很独特，没想到竟然会是星辉传统的告白方式！

更让我郁闷的是，到了需要帮助的时候，我才知道我的人缘有多么的差！问了教室里近一半的人，竟然没有一个人愿意送我一毛钱！这帮吝啬鬼！

很快又到了社团活动时间，我一到话剧社就找上了端木流："端木学长，能不能给我一毛钱？"

端木流挑了挑眉，然后从包里摸出一张折成桃心状的一毛钱出来，在上面写上自己的姓，然后冲我眨了眨眼："小茉莉，祝你成功哦！"

我立刻涨红了脸回道："谢谢学长！"

偏偏沈煜夜这个时候也跑来凑热闹，看了看笑得跟狐狸一样的端木流，又看了看脸涨得通红的我，不爽地问道："你们两个不去做事，在这里说什么悄悄话？"

端木流只是"呵呵"笑着，让我尴尬不已，我只得硬着头皮问沈煜夜道："学长，能给我一毛钱吗？"

沈煜夜立刻皱起了眉："怎么回事？你家里已经穷到要你讨钱的地步了吗？"

一旁的端木流终于忍不住捂着肚子狂笑起来，我则一脸的黑线外加N个"十字路口"。

要不是为了买苹果跟他告白，我用得着四处跟人要钱吗？

"拿去！"沈煜夜不知道从哪里摸出一张卡扔给我，"不够再跟我说！"

金灿灿的卡晃得我眼睛疼，我的脸部肌肉禁不住抽搐了几下，而后皮笑肉不笑地看着沈煜夜道："学长，我要的是钱，不是卡。"

"要求还真多！"沈煜夜不满地看了我一眼，然后把包里摸出来的几张粉红大钞全塞给了我，“我只有这么多。”

我的嘴角抽搐得更加厉害了：“学长，我只要一毛钱。”

沈煜夜也更加不满了：“给你你就拿着，废话那么多！”

“阿夜，有时候我真怀疑，你到底幼稚园毕业了没有！”端木流一边摇头一边啧啧感叹。

“端木流，你想打架吗？”沈煜夜立刻火山喷发，“别忘了你考试从来考不过我！”

“我指的又不是这个！”端木流轻嗤道，“我说的是恋爱学。”

沈煜夜禁不住嘴角抽了抽：“你以为谁都跟你一样吗，从幼稚园就开始谈恋爱！”

从幼稚园就开始谈恋爱？端木流的痞子形象在我心中上升到了一个新的高度。

见他们俩还有继续吵下去的趋势，我赶紧把沈煜夜塞我手里的粉红大钞塞回给了他：“学长，我只要一毛，要是你没有就算了！”

“该死的，你没学过数学吗？我给你的难道不是很多个一毛？”

我的嘴角又开始抽搐起来：“可是我要的只是一个一毛。”

“女人就是麻烦！”沈煜夜说着把衣服和裤子的兜翻了个遍，终于翻出了一张一毛钱来，“拿去！”

我欣喜若狂地接过：“谢谢学长，你真是太好了！”

“一毛钱也能让你这么高兴？”沈煜夜像看怪物一样看了看我，完全不能理解我的行为，“还真是好打发！”

我“嘿嘿”傻笑了两声，便不再理会他。

我“要钱”的路走得异常艰难，都过了好几天了，才收集了一半不到，让我郁闷不已，就连上厕所都在想该怎么办。果然啊，人怕出名猪怕壮，怪只怪我之前太出名了！

“嗨，茉莉！”

“安雅学姐！”又一次在洗漱台遇到了安雅，我的心立马提到了嗓子眼，“好、好巧啊！”她怎么会在这里？难道又是特意来找我的？

“一点也不巧，我是特地来找你的。”安雅笑眯眯地看着我。

我的额头上立刻沁出了冷汗：“请问学姐，有什么事吗？”

“也没什么大事，就是听说你在收集一毛钱，所以来关心一下。”说着，安雅捂着嘴笑了起来，“你都不知道，夜跟我讲的时候，那迷茫的表情有多可爱！”

“对不起，学姐，我……”沈煜夜他竟然跟安雅讲了吗？所以，安雅是来警告我的？

“为什么要道歉呢？你又没做错什么事！”说着，安雅竟鼓励似的拍了拍我的肩膀，“小茉莉，加油哟！”

我一脸茫然地看着安雅。什么意思？难道安雅并不介意我送苹果给沈煜夜？既然安雅不介意，那我脸皮再厚一点也没关系吧？

见安雅就要离开，我赶紧叫住了她：“那个，安雅学姐，能给我一毛钱吗？”

安雅愣了一下，随即像明白了什么似的摇了摇头道：“不可以哟！”

啊，果然……安雅她是把我当成情敌了吧！

我一脸沮丧，却听见安雅继续说道：“因为夜已经给过你了！”

什么意思？为什么沈煜夜给过我了，她就不能再给我？

我一头雾水，回过神却发现安雅已经走远。

我禁不住有些沮丧，甚至不知道自己有没有把苹果送出去的必要。

前方的路，似乎已经黑得看不见一丝光亮。

尾声

情定平安夜

终于到了要正式告白的这一天。

在李茉薇祝福和鼓励的目光中，我把那个用好不容易才收集齐的二十四毛钱换来的苹果装进书包，心情忐忑地走进学校。

一到教室，伊小贝立马上前来给了我祝福："茉莉，祝你好运！"

我重重地点了点头，然后回了她一个拥抱："祝我们都好运！"

给沈煜夜发了条短信，让他中午在学生会办公室等我，我便关掉了手机，忐忑地等待着中午的到来。

等待的时间最是难熬，时间仿佛放缓了脚步，明明只有几个小时，在我看来却仿佛过了几个世纪。

终于等到放学铃响，我从书包里拿出那个用了好几天时间才包装好的苹果，深吸了一口气，迈开步子朝学生会办公室走去。

心脏"咚咚"地跳得厉害，我好不容易才说服自己没有逃掉，而是走到了学生会办公室门口。

闭眼，深呼吸，然后伸手推门。

门被推开的那一刹那，我的表情便僵在了脸上，时间好像在这一刻静止，只剩下眼前定格的画面。

沈煜夜双手插着裤兜靠着后面的大红木桌，安雅则拿着苹果送到沈煜夜嘴边，沈煜夜虽不满，却还是听话地咬了一口。

我手中的苹果"咚"地掉在了地上，将沈煜夜和安雅的目光吸引了过来。

“对不起……”

眼泪不受控制地流了出来，我想都没想便转身跑掉。

怎么会这样……为什么会是这样……

不愿意接受，直接告诉我就好了啊，为什么要用这么残忍的方式呢？

还有安雅，原来她之前的友好都是装出来的吗？为的就是在我告白的时候给我最致命的一击？

“李茉莉！”

沈煜夜的声音传进我的耳朵里，我立马跑得更快了，就像身后有怪物追过来了一样。

不要叫我的名字，也不要跟我说话……不要不要不要！

把人约出来想要告白，却正好撞见喜欢的人跟别人亲热，我已经够倒霉够可怜够悲哀了，不要再往我的伤口上撒盐了，拜托！

“李茉莉，该死的，你给我站住！”

沈煜夜的声音离我越来越近，我只得再加快速度没命地跑。

既然不想接受我，既然用那么残忍的方式拒绝我，为什么又要追过来？看别人伤心，看别人难过，看别人丢脸，就那么有意思吗？

沈煜夜，我不要喜欢你了，再也不要喜欢你了！

“李茉莉！”

沈煜夜的声音已经近在耳畔，用尽全力奔跑的我却不小心扭到了脚，踉跄着摔倒在地上，冰冷的雪钻进衣服里，冷得我直打战。

“李茉莉，你有没有事？”沈煜夜见我摔倒，伸手就要扶我起来。

“不要你管！”我狠狠拍开他的手，咬牙站了起来，想要逃开，脚踝处却火烧火燎地疼。

“李茉莉，你又在闹什么别扭？”

“不要你管！”

“该死的，是你把我叫去学生会办公室的，结果一句话都不说就转身跑掉，你耍我呀？”

我使劲吸了吸鼻子，不让眼泪滚落出来，瞪着沈煜夜道：“是又怎样？”

“你！”沈煜夜忍了又忍才克制住没跟我发火，然后把那个我掉在学生会办公室门口的苹果递到我面前，有些不确定地问道，“这是要送我的吧！”

“才不是！”我伸手就要去抢，沈煜夜却像早就料到一样将苹果举得高高的，我伸长了手却怎么也够不到，只得鼓着腮帮子瞪他，“还给我！”

沈煜夜却只是挑眉看着我：“李茉莉，你喜欢我吧？”

“不关你的事！”我已经决定不要喜欢你了！

沈煜夜却耍起了赖皮：“你喜欢我啊，为什么不关我的事？”

我气得连咬人的冲动都有了：“因为你已经有安雅了！”

沈煜夜立刻不爽地皱起了眉：“关安雅什么事？”

“你们，你们……”我被他气得无话可说，终于忍不住“哇”地哭了出来。

“该死的，你哭什么？”

“夜，我觉得你最好还是先跟她解释一下我们的关系。”不知道什么时候跟过来的安雅颇无奈地摇了摇头。

“我们的关系？”沈煜夜的眉头皱得更厉害了，“沈安雅，该死的，你能不能把话说清楚一点？”

什么？沈安雅？我立马停止了哭泣，一脸错愕地看着沈煜夜和安雅。

“看来她一直都不知道我是你姐姐呢。”安雅幸灾乐祸地冲沈煜夜笑了笑，“赶紧跟她解释一下吧！”

“沈煜夜，这到底是怎么回事？”看着安雅离去的背影，我好像明白了什么，又好像什么都不明白。

沈煜夜愣了一下，然后像看怪物一样看着我：“难道你不知道安雅姓沈，是我的姐姐？”

我惊得下巴都快落到地上了：“你们家到底有几个孩子？”沈星夜是他弟弟，沈安雅是他姐姐，天哪，我要晕了，谁来扶一下我……

“我只有沈星夜一个弟弟，沈安雅是我堂姐。”沈煜夜看起来很头疼地揉了揉太阳穴，表情也变得无奈，“李茉莉，你该不是不知道安雅姓沈，所以一直在吃她的醋吧？”

被拆穿的我立刻涨红了脸：“才没有！”知道了安雅是沈煜夜的堂姐，之前困扰我的诸多问题便迎刃而解了，我也终于明白为什么安雅会一直在我面前说沈煜夜的好话，沈煜夜为什么独独会听安雅的话，沈星夜为什么会那么喜欢安雅，安雅为什么不给我那一毛钱……

我真是个笨蛋，居然会以为安雅和沈煜夜的关系不一般是因为他们相互喜欢对方！

沈煜夜心情大好地弯起了嘴角：“还嘴硬！”

“才不是！”这么丢脸的事，我才不要承认！

“喂，李茉莉，你叫我来，是要跟我告白的吧？”说着，沈煜夜把苹果还回我手中，“现在误会解开了，继续你未完成的事吧！”

“才不要！”脸都丢光了，谁还有心情告白呀！

“你敢！”沈煜夜瞪我一眼，然后趁我不注意一口咬向我手中的苹果，连包装纸都不放过，然后扬着下巴对我道，“我已经提前接受你了，现在，换你补回欠我的告白！”

我禁不住有些无语。耍赖也不是这样的吧！

见我半天不张嘴，沈煜夜干脆伸手来扯我的脸，故作凶恶地道：“李茉莉，给你三秒钟的时间，再不开口我就拿胶水把你嘴巴粘住！三，二……”

“好啦好啦，我喜欢你，李茉莉喜欢沈煜夜，这样总可以了吧！”真是的，哪有这样威胁人告白的呀！

“正好，我也喜欢你。”说完，沈煜夜便定定地看着我，黑曜石般的眼睛里闪烁着耀眼的光，然后慢慢低下头……

我愣愣地看着沈煜夜，就在他的唇离我仅有几厘米远的时候，脚踝处却传来一阵钻心的痛，我想也没想便推开了沈煜夜。

沈煜夜立马一脸不爽地冲我吼道：“李茉莉，你搞什么？”

我相当委屈地看着他，眼里泪光闪闪：“我、我刚才摔倒的时候扭到脚了……”

“你！”沈煜夜气不打一处来，狠狠瞪了我一眼，然后将我打横抱起朝医务室走去。

我伸出双手搂着沈煜夜的脖子，将脑袋枕在他肩膀上，笑容如花般甜美。

属于我和沈煜夜的恋情，终于在今天拉开了甜蜜的序章。

行动代码：

007的秘密“潜伏”

行动内容：

“天国”终结版上市已经将近两个月啦，星家族的成员们在被妮殿下笔下的故事感动得眼泪鼻涕横流的同时，想到这是妮殿下日夜操劳、夜以继日地赶稿写出来的作品，星家族更是觉得心疼加感动啊！所以呢，这次007带着星家族给予的神圣使命，要潜入小妮子工作室，打探亲爱的妮殿下的近况。

我们最爱的妮殿下，你最近都在忙什么呢？

Let’s go!

“潜伏”的秘密⑥

“潜伏”现场

夜黑风高，007身穿一袭夜行衣，轻手轻脚来到魅丽优品大门外。哇！会议室里灯火通明，这个时候，肯定是在召开紧急会议了！

太好了！一定有重大新闻！

我紧贴着墙，竖起耳朵——千万不能错过一句话！

妮殿下：（无比温柔）亲爱的家人们，最近真是辛苦你们了！《如果天国也曾悲伤》又得加印了……真是不忍心留大家加班啊！

米米拉：哈哈，妮殿，你手上拿的是什么？哈哈，是不是工资单？

丹青SHOW：哈哈哈……是奖金单吧？

妮殿下：（石化）这，这，这……是我特意为《如果天国也曾悲伤》量身打造的“天国试卷”。

米米拉，丹青SHOW：（大惊失色）天国试卷？

妮殿下：哈哈哈……你们两个这么激动干吗？你们不是一向都说自己是“天国”书系的粉丝吗？如果你们可以打满分的话，那今年的工资和奖金翻倍！

米米拉：试卷给我，快点给我！

丹青SHOW：米米拉，你不要跟我抢！

两人扭打争抢中……

“潜伏”结论

全宇宙的妮迷们，如果你也是“天国”书系的铁杆粉丝，那就马上准备好你们的笔吧！

由妮殿下亲自操刀的“天国试卷”马上就来了哟，哈哈哈……一定有同学听到“试卷”两个字就恨不得撕成九九八十一片吧？其实，平时考试得不到满分的同学，相信在这份试卷上一定可以得到强烈的自信！

同学们，快点来填空吧……

IF THE PARADISE S ALSO SAD

摄影/高翔 kimiko尚洁

《如果天国也曾悲伤》台词填填看

ONE

许翼淡淡地笑着，把录音笔紧紧地握住。

我继续开心地说：“我们很有默契吧，这是不是心有灵犀一点通啊？我们以后可以用它来‘写’日记，而且是我们的__________哦！我会一直用它‘写’的！”

TWO

“我为什么要相信你？你值得我相信吗？叶希雅，你是我见过的__________的女生，你真让人害怕！”澈野低下头居高临下地凑近我，嘴里吐出来的每一个字，都变成了锋利的针，密密地扎进了我的身体里。

THREE

“以前都是你一直在为我努力，__________。”说完这句话，澈野便毫不犹豫地转身离开了。

FOUR

“笨蛋，你说__________，就是因为他对吧？”澈野的声音变得好脆弱，好像只要稍稍一触碰，就会迅速消散。

FIVE

“希雅，即使__________，我也会一直守在你身边！”

澈野的话被夜风吹得很远很远，和烟火一起在空中绽放、湮灭，湮灭后再绽放……

SIX

“呵呵，好了好了，希雅，是我不对，我下次再也不会这样了。”许翼语气柔和地说，“希雅，我还记得刚失明时，你总是牵着我走路，在美国的那段时间，我总是会想起__________。你能再牵着我走一段路吗？”

心瞬间变得像棉花糖一样柔软，我伸手牵住了他。

SEVEN

“__________，__________！真的很喜欢很喜欢你！”火车的声音已经完全覆盖掉了我的声音，可是那一瞬间，我觉得好开心，因为我终于对__________告白了！

EIGHT

希雅，我喜欢你，真的很喜欢你，喜欢到我甚至可以__________。只要你能幸福……

如果不是因为__________，我一定不会把你让给__________的！

觉得这些对白很熟悉吗？快把缺失的台词补上去吧！

正确答案请参见——《如果天国也曾悲伤》

什么！记不清楚了？

那还愣着干吗，赶紧翻开手里的书，找出正确答案吧！

米米拉
校园爱情女王
亲，买个王子回家吧！
他们说，在春天种个王子，
秋天就会收获很多王子！
店主米米拉
开卖《情圣在线哟》
平凡少女王子梦，意外结局连连看
少女桃の寻爱之旅
2013年魅丽优品首部台版小清晰爱情喜剧
《情圣在线哟》即将热卖
末日过后，还没有男朋友？
不如来我们这里看看，
买个「王子」回家吧！
情圣在线哟
亲，王子包邮哦！
LOVER IS ONLINE——MIMILA ZHU

米米拉
校园文学天后米米拉
2012年底巨献——
"心Party"系列
米米拉著
MIMILA ZHU
校园爱情女王
维尼爱柠檬，海誓到山盟
米米拉青春励志爆笑喜剧——
《绯闻一号公馆》
维尼，无论胖瘦，我都爱你！
朋友们，赶紧帮我们的维尼找到他所爱的柠檬吧！
GOSSIP NO.1 DORMITORY MY HONEY
米米拉
另类贵族点心小说——
《绝对甜心》
打破一切身份与禁忌，
教你寻找到绝对的恋人！
甜心教主要恋爱，绝对乌龙大作战
让米米拉告诉你，非他们不可的千个理由！
《绯闻一号公馆》&《绝对甜心》，以青春的名义公演！

校园纯爱偶像

最值得你收藏的 **慕夏** 极致浪漫宣言

舌尖上的爱情秘籍
——重口味与小清新

爱情的滋味，是火焰冰激凌的刺激；
爱情的滋味，是车厘子甜与酸的美妙；
爱情的滋味，是冰糖雪梨的清甜；
爱情的滋味，是冰山雪水冲泡玫瑰的甘凉……

你，最爱哪一种味道？

小清新的口味——《恋爱不加糖》

他完美，清澈！她暗恋着他，酝酿着告白……

他帅气，叛逆！她忽然逆转了告白的方向，一切那么突然，却又似乎顺理成章。

当命运的齿轮碾压过流年，他遇见她。他们在一起没心没肺、嬉笑开心、牵手哭泣，这些都是灿烂青春里最为美丽的风景。

当夏天的风穿堂而过，留驻在心里的那些青春时光，或甜成了糖，或忧伤成诗……

酸甜交替的小刺激——《柠檬黄，恋爱酸》

爱情的背叛与回归，姐妹之间无法割舍的感情，不得不品尝的人生滋味，在成长中经历！

爱与不爱，放与不放，进退两难之间，如何跨越曾经迷失的青葱岁月？一边是甜，一边是酸，你又该如何抉择？

左手青春，右手爱情，当十指紧扣，爱情的魔咒即将被打开。

有一种幸福，只有你爱的那个人才能给。可是你知道谁是你爱的人吗？知道，才能找到幸福。

不同的少女，或含蓄，或热情，或奔放，或灿烂……

总有一款属于你的青春滋味，为你带来完美的爱情体验！

2012-2013/慕夏/精心烹制

XIAOYUAN CHUNAI OUXIANG

奈·奈
青春纯美物语新锐
青春纯爱物语新锐、魅丽优品新生代人气作者——奈奈
2013年夏天来临之前为你倾情讲述一段关于半夏的纯爱故事
——《忽而半夏》感动上演！
忽而半夏
半夏半暖半流年
我愿变成任何你喜欢的样子……
出发！寻找爱的小石头！
活动详情：
你有没有留意过路边的石头？有没有心形的，或是五角星形的？或是花朵形状的石头？用手机将这些你认为形状特别的石头拍下来，上传至你的新浪微博并@我们。
参与格式：
＃忽而半夏＃ ＋ 你想说的话 ＋ @奈奈_NANA ＋ @魅丽优品
只要参与本次活动且格式正确，你就能获得奈奈准备的精美礼品！
水光如月，晚来风急，他站在浪花如雪的海岸边看着她笑，
温暖如阳，一如她初见他时的模样。
——《忽而半夏》
想了解新书的最新情况，请关注新浪微博@魅丽优品

校园纯爱偶像
慕夏
最值得你收藏的
极致浪漫宣言
日光微暖夏亦凉
SUNSHINE IS WARM BUT THE SUMMER IS COOL
首度切入21世纪青春期的最大难题——选择性障碍
慕夏再度打造校园童话式的温暖故事——
《日光微暖夏亦凉》
纠结的抉择就在前方，是向左还是向右？
命运的选择题无时无刻不在考验着你我。
矛盾中，陶璐璐一次次被迫选择了属于自己的方向！
她能找到最后完美的归宿吗？
肖莫北指导——
选择性障碍纠错小窍门：
面对选择的时候，只要记住遵从脑子里面第一个想到的答案。
地点：校园门口奶茶店
选择：陶璐璐看着菜单，实在不知道是吃草莓奶昔还是吃烧仙草，后来又想喝奶茶，但是又觉得奶茶太甜，想吃绿豆沙冰。想了半天，还是决定喝奶茶，但是又犯难了，不知道是喝原味、榛果味、香芋味还是巧克力味的……
选择协助者：肖莫北
选择结果：蜂蜜柠檬柚子茶（选择性障碍最失败的结局）
慕夏著
MU XIA ZHU
问题：《日光微暖夏亦凉》你的选择：买还是不买？
友情提示：这是一部展现青春、美好、梦想以及希望的典藏之作！
她一直默默爱恋着的青梅竹马，难道喜欢上了其他的女孩？
他一直没有透露过的前任女友，竟又开始了新的恋情？
他们因各自的爱人而结成“失恋联盟”，只为夺回爱情……
对于“失恋联盟”，你有什么有趣的支招？
请将你的小招数在新浪微博 @慕夏：#失恋联盟#+你的想法 被慕夏认为是最有趣的出招人，将获得《日光微暖夏亦凉》新书一本。
速速加油来参与吧！

命运爱情代言人
人生有三样东西是无法挽留的——生命、时间和爱。
我相信，我们都会幸福的。
因为——爱是一种需要不断被人证明的虚妄，
就像烟花需要被点燃才能看到辉煌一样。
安晴
倾力奉献讲述爱恨情仇的唯美巨作——
“爱的印记”系列之
《你是我的爱之印》
《你是我的独家爱恋》
为你献上唯美的纸上电影，
唱响缠绵悱恻的纯爱恋歌！
你不得不沉迷的感情
你不得不心碎的曲折
你不得不纠结的结局
缘定今生的爱恋
尘封已久的情仇
坎坷多舛的命运
安晴
你给过我的温暖，是我一生中最宝贵的东西！
命运爱情代言人——安晴 为你呈现。

小妮子 著
魅丽优品明星作者
樱空之雪
YING KONG ZHI XUE
THE SHOW OF CHERRYSKY

管理员不在，超实力怪盗出笼，追捕中！

2013年，魅丽优品重磅神秘“星”闯入魅丽读者居住村！

一号通缉犯：

姓名： 七日晴
性别： 不详
身高： 不详
体重： 比猫少爷胖点
外貌特征：
带着孩子气的萌脸
行为特点：
二
很二
非常二……
天马行空地行踪不定
经常出没的地方：
出售可乐的饮料店
携带武器：
《恋爱达成100天》
此武器具备让一切可爱少女无法自拔的神秘力量！

警告

请各位居民注意，一旦发现此通缉犯的踪影，应当立即通知我们，切记不要独自和他说话，他最擅长的必杀技就是要么萌死你，要么笑死你！

危险指数： ★★★★★

二号通缉犯：

姓名： 凌晨
性别： 雌性
身高： 普通
体重： 偏瘦
外貌特征：
看起来瘦弱的文艺女生
行为特点：
善于观察人类
无厘头的行为方式
有恐怖的码字失眠症
经常出没的地方：
各种美食店
半夜会准点出现在电脑旁
携带武器：
不详
听闻将有可能摧毁任何铁石心肠。

警告

请各位居民注意，一旦发现此通缉犯的踪影，应当立即通知我们，切记不要独自和她对望，她最擅长的必杀技就是让你陷入她的眼神里无法自拔！

危险指数： ★★★★★

见证青春文学黑马诞生，魅丽优品再次成就帝国！

魔幻水晶球，爱恋不必愁

狐狸？ 猫咪？ 甜品屋！ 美男？ 女友？ 丘比特

爱恋水晶球

打造全新魔幻王朝！

魅丽优品2013魔幻出击，

《狐狸男一号》 巧乐吱 著

史上最天然呆的女主角绫轻夏，救下了史上最美艳的男主角秋久远！

本以为自己是“英雌救美”，没想到救下的美人瞬间变美男，不仅喜欢捉弄她，还频频“放电”，让她心跳失控，慌乱不已。

拜托，她可是要代替哥哥以男生的身份生活下去的人，怎么可以喜欢上这个以撒娇耍赖为荣的家伙！哪怕……哪怕他真的真的很漂亮！

可是，为什么他要这样黏着她，帮助她一点一点走出过去的阴影？

为什么他要努力拉着她，让她重新恢复女生的身份？

为什么……明明已经说了不可以，她却依然对他心动不已？

《女友是喵星人》 松小果 著

听到鼠类、魔兽的名字就想晕倒，看到女巫墓地的照片就想尖叫！

无奈之下，喵族最胆小的小黑猫洛洛亚接下了她认为最容易完成的任务：去人类世界跟最可怕的人类成为好朋友，并且得到任务对象的一滴眼泪！

可是，为什么没有人提前告诉她，她的任务对象竟然是“深渊”里的超级大魔王、用眼神就可以杀掉一群魔兽的Lotus？

而且更重要的是，为什么没有人告诉她，那个超级大魔王竟然还有个双胞胎兄弟？

弟弟整天板着脸，喜欢叫她“猫妖”，还整天使唤她；哥哥有着灿烂的笑脸，是厨艺“惊人”、超级疼爱弟弟的演艺界第一名！

她命中注定的任务对象到底是谁呢？

喵族最可爱的洛洛亚人间历险拉开序幕，看她如何用超萌的“美喵”魅力融化最可怕人类的心！

《爱神少女甜品屋》 阮咩咩 著

迷糊的爱神见习生洛溪好不容易拿到了见习爱神的录取书，没想到刚来没几天就因为说上司丘比特是小屁孩，被惩罚到了人类世界。原本以为一边开着喜爱的甜品屋，一边完成任务就可以回去了，不料在第一天开业就犯迷糊，给错了爱情甜点。在纠正错误的过程中，洛溪遇见了外表冷酷内心忧伤的学长瑞毓希和温柔俊雅的学长羽凡。她对瑞毓希渐渐萌生出喜欢，却又因为学长羽凡的一次次温柔对待不知所措。这时上司丘比特也带着新的任务来找她了，警告她如果再完不成任务就会……新人作者阮咩咩携可爱萌式魔法童话闪亮登场！看不一样的爱神，如何寻找到自己的独爱王子殿！

巧乐吱爱上美艳男子，《狐狸男一号》

一定能满足你的视觉需要

人人都爱猫一样的女孩，让松小果悄悄告诉你《女友是喵星人》的幸福故事。

魅丽新人阮咩咩建造《爱神少女甜品屋》，敬请品尝！

深爱传说

有一种深爱传说：

将甜蜜的糖果放进嘴里，

就能获得全新的生命！

恋爱中的梦幻式呓语，向大家轻轻撒娇。

一段一段的欢乐或心醉，就像一颗颗用不同颜色包装纸仔细包裹起来的糖果，吃到嘴里流出幸福与甜蜜的感觉。

彩虹糖果——《通往彩虹的约定》

这是一场冰块脸王子与迷糊女生的对决。

失恋？失声？天啊，竟然还有那么多未知的秘密。

冰块脸到底是王子还是腹黑男？迷糊女生的背后又藏有多么惊人的能量？

云的彼端，是彩虹的方向。那个只有他们知道的秘密约定，能否引导他们通往幸福的方向？

怪味糖果——《恶魔殿下，请多指教》

亲爱的夜王子，我真诚地忏悔，请你一定要相信，我真的不是故意害你毁容进医院，害你骨折、害你花粉过敏、害你一直出不了院也不是我的本意，我不过是想要道个歉求得你的原谅，谁知道路途居然如此艰辛。上帝做证，我真的是个好姑娘！

甜蜜糖果——《偏偏喜欢你》

命运之于爱情，是一个无法被忽视的存在。有时候，我们会爱上不该爱的人，也会跟无法分开的人分开。

洛辰和熙蕊从很小的时候就相互喜欢，并约定以后要一辈子在一起。可是，命运跟他们开了一个无法承受的玩笑，让他们残忍分离。两年后他们再次相遇，可是洛辰的眼里已经再也看不到她。为了报复两年前熙蕊对他造成的伤害，洛辰不惜对她百般折磨。真相最终揭晓，原来一切不过是上天的一个玩笑，是他错怪了她。而此时，身患绝症的熙蕊已经生命垂危！

面对上天残酷的考验，他们的爱情究竟能不能冲破难关，得到重生的救赎？